公事宿始末人 叛徒狩り

黒崎裕一郎

祥伝社文庫

目次

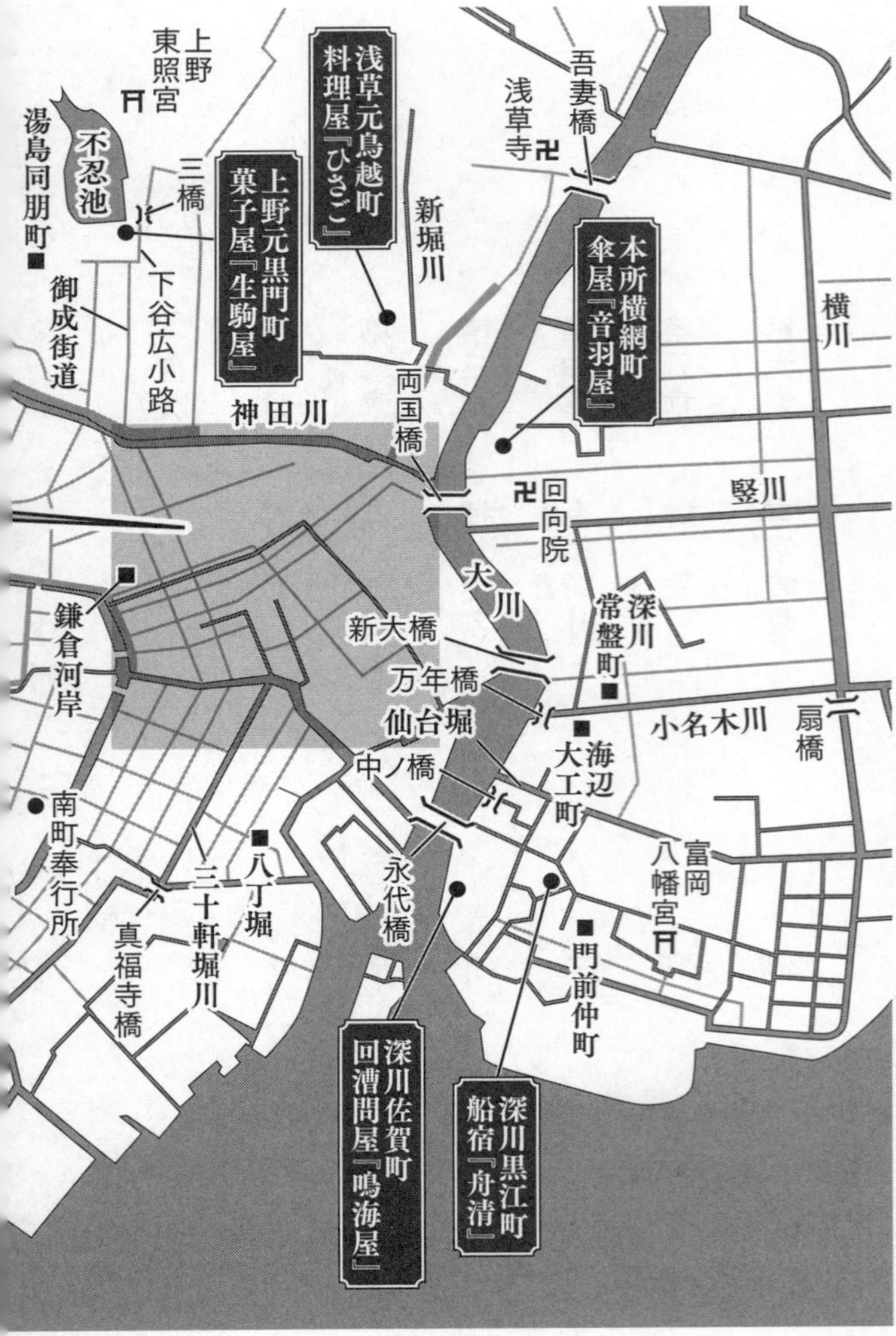
上野東照宮
湯島同朋町
不忍池
三橋
下谷広小路
御成街道
上野元黒門町菓子屋『生駒屋』
浅草元鳥越町料理屋『ひさご』
新堀川
浅草寺
吾妻橋
本所横網町傘屋『音羽屋』
横川
神田川
両国橋
回向院
竪川
大川
深川常盤町
新大橋
万年橋
仙台堀
小名木川
扇橋
海辺大工町
中ノ橋
鎌倉河岸
南町奉行所
八丁堀
三十軒堀川
真福寺橋
永代橋
富岡八幡宮
門前仲町
深川佐賀町回漕問屋『鳴海屋』
深川黒江町船宿『舟清』

「公事宿始末人 叛徒狩り」の舞台

第一章　神隠し

一

延享元年《えんきょう》（一七四四）八月――。

旧暦の八月は新暦（グレゴリオ暦）の九月である。仲秋《ちゅうしゅう》、月見月、紅染月《べにぞめ》ともいう。

皓々《こうこう》と降り注ぐ月明かりが、小名木川《おなぎ》の川面《かわも》を銀色に染めている。

吹き抜ける夜風には、もう秋の気配がただよっていた。

小名木川は大川《おおかわ》（隅田川《すみだ》）と中川《なかがわ》とを結ぶ川幅二十間（約三十六メートル）の運河で、大川口の万年橋《まんねん》から中川船番所までおよそ一里十丁（約五キロ）ある。

川の名の由来は、徳川《とくがわ》氏入府早々、家康《いえやす》が行徳《ぎょうとく》の塩を江戸に輸送するために、小名木四郎兵衛《しろべえ》なる者に開削《かいさく》を命じたことによるものと伝えられている。

川の南岸は、本多伯耆守《ほんだほうきのかみ》、大久保佐渡守《おおくぼさどのかみ》、松平能登守《まつだいらのとのかみ》など、大名旗本の下屋敷のなまこ塀《べい》が連なる閑静な武家地である。

どの屋敷もすでに固く門扉を閉ざし、ひっそりと寝静まっている。

川岸通りを往来する人影もなく、四辺は不気味なほどの静寂に領されている。

突然、その静寂を破って足音がひびいた。

川沿いの道を転がるように突っ走ってくる人影がある。頰《ほお》かぶり、濃紺《のうこん》の半纏《はんてん》、薄鼠《うすねず》色の股引《ももひ》き——一見して職人体とわかる身なりの男である。

男を追って、二つの影が猛然と疾走してくる。いずれも屈強の浪人者である。

男は手傷を負っているらしく、脚がもつれている。

追手との距離がぐんぐんちぢまってくる。

やがて前方に橋が見えた。小名木川と大横川《おおよこかわ》の合流点に架かる扇橋《おうぎ》である。

橋の東詰にさしかかったとき、男がふいに立ちすくんだ。

本多伯耆守の下屋敷の塀の切れ目から、別の二つの影が飛び出してきたのだ。

浪人者の仲間が先廻りしたのだろう。行く手に二人、背後に二人。挟み打ちである。

道の左側は本多伯耆守の下屋敷のなまこ塀、右側には小名木川が流れている。

完全に逃げ場をふさがれ、男は絶体絶命の死地に立たされた。

四人の浪人者がいっせいに抜刀して、前後から男に迫った。

「ち、ちくしょう！」

低く吐き捨てるなり、男は意を決するように小名木川に身を躍らせた。

どぼんと水音が立ち、川面に無数の水泡《みなわ》がわき立った。

「川に飛び込んだぞ！」

「逃がすな！」

口々に叫びながら、四人の浪人者が川岸に走り寄った。

男は必死に対岸に向かって泳いでいる。

「おのれ」

浪人の一人が小柄《こづか》を取り出して投擲《とうてき》した。ほかの三人も負けじと小柄を投げた。

三本の小柄が銀光を放って闇《やみ》を奔《はし》る。川面に白い水しぶきが上がった。

四人の浪人者は目をこらして、暗い川面を凝視した。

男の姿が消えている。

「見当たらんぞ」

「川底に沈んだか」

「手応えはあった。生きてはおるまい」

真っ先に小柄を投擲した浪人が、自信ありげにそういったが、ほかの三人は疑い深そうに川の流れに目をやっている。

鏡のように凪《な》いだ川面が、青白い月明かりを返照してきらきらと耀いている。寂《せき》として物音ひとつしない。しばらく川を見渡していた浪人の一人が、

「どうやら仕留めたようだ。人目につくとまずい。行こう」

とあごをしゃくって、仲間をうながした。

四人の浪人は身をひるがえし、風のように走り去った。

深川常盤町《ふかがわときわ》の船着場に一艘《そう》の猪牙舟《ちょきぶね》がすべり込んできた。

水棹《みさお》を操っているのは、色の浅黒い二十二、三の船頭・丈吉《じょうきち》である。

「へい。お待ちどおさま」

丈吉が舟を桟橋《さんばし》に着けると、派手な身なりの中年男が縞《しま》の財布から小粒《こつぶ》（一分金）を取り出し、釣りはいらないよ、といって舟を下りていった。気前のいい遊び客である。

丈吉は思わずにんまりと笑い、艫《とも》に腰を下ろして煙草《たばこ》盆の煙管《きせる》を取った。

常盤町は深川有数の遊所である。川岸通りには昼をあざむかんばかりに色とりどりの明かりがあふれ、一杯機嫌の嫖客《ひょうかく》や白塗りの女たちがひっきりなしに行き交っている。

そんな光景をぼんやり眺めながら、丈吉は煙管をくゆらせて次の客を待っていた。

四半刻（三十分）ほどたったときである。船着場の石段の上から、ふいに、

「おう、丈吉」

聞き慣れた声が降ってきた。見上げると、石段の上に長身の浪人が立っていた。

歳のころは三十一、二。彫《ほ》りの深い端整な面立ち、黒羽二重《くろはぶたえ》の着流しに蠟色鞘《ろいろざや》の大刀を落とし差しにしている。美濃《みの》浪人、千坂唐十郎《ちさかとうじゅうろう》である。

「やァ、千坂の旦那《だんな》」

「暇《ひま》そうだな」

笑みを浮かべながら、千坂唐十郎は石段を下りてきた。

「たったいま、客を運んできたばかりで」

煙管の火を川面に落として、丈吉は腰を上げた。

「帰りの客を待っていたのか」

「へい」

「じゃ、おれが客になってやろう」

「家にもどるんですかい？」

「うむ」

うなずいて唐十郎が舟に乗り込むと、丈吉は水棹を取って舟を押し出しながら、

「お忍びの遊びですかい？」

と意味ありげに訊《き》いた。

「遊びにきたわけじゃねえさ」

唐十郎は苦笑まじりに伝法《でんぽう》な口調で応えた。

「常盤町にうまい魚を食わせる店があると聞いたのでな」

その店は丈吉も知っていた。『魚善《うおぜん》』という料理屋である。

店のあるじは佃島《つくだじま》の網元《あみもと》の息子で、その日に獲《と》れた新鮮な魚を食べさせる店として江戸の食通の評判を呼んでいた。

唐十郎の郷里は、海のない美濃大垣《おおがき》である。魚といえば岩魚《いわな》や山女《やまめ》、鮎《あゆ》、鱒《ます》、

鯉《こい》などの川魚ばかりで、たまに行商人が鯵《あじ》の干物や鯖《さば》の塩漬けなどを売りにくるが、新鮮な海の魚を口にする機会はほとんどなかった。

江戸に出てきて、はじめて江戸前の新鮮な海の魚を食し、病みつきになった。

「確かにあの店はうまい。とくに比目魚《ひらめ》の薄造りは絶品だった」

「値段も結構張るんじゃねえんですかい」

「いや、思ったより安かった。わざわざ深川まで足を運んできた甲斐《かい》があったぜ」

「そりゃ、ようござんした」

猪牙舟を川の中ほどまで押し出すと、丈吉は水棹を櫓《ろ》に持ち替えて、大川口に向かって漕《こ》ぎ出した。万年橋の下をくぐって、舟が大川に出たときである。

「おや？」

と丈吉が櫓を漕ぐ手を止めて、けげんそうに川面に目をやった。

何やら黒い物体が浮き沈みしながらゆったりと流れている。次の瞬間、

「だ、旦那！」

丈吉が驚声を発した。

「どうした？」

「ど、土左衛門です！」

「なに！」

反射的に身を乗り出して丈吉の指さすほうを見た。

男がうつ伏せの恰好で川面に浮いている。

「丈吉、引き揚げるんだ！」

「へい」

丈吉は水棹の先で男の体をたぐり寄せ、舟に引き揚げようとしたが、着衣がたっぷりと水を吸っており、とても一人では引き揚げられなかった。

唐十郎が手を貸して二人がかりで舟の上に引き揚げた。

「これは……！」

丈吉が目を剝《む》いた。男の背中に小柄が突き刺さっている。唐十郎はすかさず小柄を引き抜いて、男の胸に手を当てた。

「まだ息があるぞ」

心ノ臓にかすかな鼓動がある。

「おい、しっかりしろ！」

唐十郎が声をかけると、男が薄らと目を開けた。三十なかばとおぼしき職人体

の男である。男はわずかに唇《くちびる》を震わせて、

「て、手前は……、三州吉田《さんしゅうよしだ》の弥助《やすけ》という者で……」

絞り出すような声でいった。ほとんど聞き取れぬほど低い声である。

「何があったのだ?」

「え、えんぞう……」

「えんぞう?」

唐十郎は男の口元に耳を寄せて訊き返した。だが、弥助と名乗った男は二度と声を発することはなかった。顔は紙のように白く、すでに死相がただよっている。

ほどなく心ノ臓の鼓動が止まった。

「死んだんですかい?」

「ああ」

唐十郎は指先で男の瞼《まぶた》を閉じると、そっと男の体を舟の胴の間に横たわらせた。

「喧嘩沙汰《けんかざた》ですかね」

「さあな」

首をかしげながら、唐十郎は険しい目つきで小柄を見た。刃先から柄元《つかもと》まで血《ち》脂《あぶら》が付着している。切っ先が心ノ臓に達したのだろう。どのみち助からない命だったのだ。

「侍の仕業《しわざ》だな」

そういって、唐十郎は手にした小柄を胴の間にポンと投げ出した。

小柄とは、刀の鞘に差しそえる「副子《そえこ》」と通称する小刀《こがたな》（現代のナイフ）のことで、町民が所持する武器ではない。武士の所有物であることは明白だった。

「いずれにしても、このまま仏《ほとけ》を連れて帰るわけにはいかねえ。丈吉」

「へい」

「この先の船着場に舟を着けて、番屋に届けるんだ」

「承知しやした」

丈吉はふたたび櫓を漕ぎはじめた。

神田《かんだ》多町《たちょう》の千坂唐十郎の借家に、日本橋《にほんばし》馬喰《ばくろ》町の公事宿《くじやど》『大黒屋《だいこく》』の番頭・与《よ》平《へい》が訪ねてきたのは、それから数日後の昼ごろだった。

「例の場所で旦那さまがお待ちしております」

と言伝《ことづ》てを告げて、与平はすぐ宿に帰っていった。

例の場所とは日本橋堀留《ほりどめ》町の料亭『花邑《はなむら》』のことである。

唐十郎は手早く身支度をととのえ、愛刀・左文字国弘《さもんじくにひろ》を腰にたばさんで家を出た。

青く澄み渡った空に鰯雲《いわしぐも》が浮いている。

爽《さわ》やかな風がそよぎ、どこからともなく金木犀《きんもくせい》の芳《かぐわ》しい匂いがただよってくる。

日一日と深まる秋の気配を肌で感じながら、唐十郎は神田多町の路地を抜けて大通りに出た。この通りは日本橋の北詰から筋違《すじかい》橋に通じる目抜き通りで、終日人の往来が絶えない。

室町《むろまち》三丁目の角を左に曲がってしばらくいくと、右手に堀留川が見えた。堀留川はその名のとおり、和国《わくに》橋の北で堀留になっている。

その北側に広がる町屋が堀留町である。

料亭『花邑』は堀留一丁目の西角にあった。

粋美《すいび》をこらした数寄屋《すきや》造りの二階家で、周囲は黒板塀でかこわれている。

檜皮《ひわだ》葺《ぶ》き門《もん》をくぐり、踏み石をつたって玄関に向かうと、顔なじみの仲居が待ち受けていて、唐十郎を二階座敷に案内した。

『大黒屋』のあるじ・宗兵衛《そうべえ》が膳部《ぜんぶ》の前で茶を喫していた。五十がらみの恰幅《かっぷく》のよい男である。唐十郎が入ってくると、宗兵衛は居ずまいを正して、

「お呼び立てして申しわけございません」

と丁重に頭を下げた。金蒔絵《きんまきえ》の蝶足膳《ちょうあしぜん》に豪華な料理がのっている。

唐十郎は膳部の前にどかりと腰を下ろした。

「大したお持てなしはできませんが、ささ、どうぞ」

宗兵衛の酌を受けながら、唐十郎はすくい上げるような目で、

「仕事か」

と訊いた。宗兵衛はあいまいに笑って、

「別に差し迫った仕事ではございませんが、昨夜、泊まり客からちょっと気になる話を聞きましてね」

馬喰町の公事宿『大黒屋』の宿泊客は、その大半が土地の権利をめぐる争いや、財産相続問題、金銭貸借問題などを抱え、訴訟のために諸国からやってきた人々である。

八代将軍・徳川吉宗《よしむね》は、二年前の寛保《かんぽう》二年（一七四二）、江戸時代最初で最大

の法典『公事方御定書《くじかたおさだめがき》』を編纂《へんさん》し、訴訟手続きの規則を定めた。公事とは裁判の意味である。

　この法制改革によって、訴訟手続きがより簡素化され、一般庶民の訴訟件数は飛躍的に増加した。

　とはいえ、訴訟の手続きには一定の約束ごとがあり、無学無筆の町民や地方から出てきた田舎者《いなか》にとって、訴訟手続きはやっかいこの上なかった。

　そこで旅人宿《たびにん》の主人が訴訟人の相談に乗り、訴状や上疏《じょうそ》（上書）などを兼筆するようになったのである。

　それを公事宿といった。いわば現代の法律事務所のようなものである。

　訴訟の内容によって、公事宿が関わる役所は次の四カ所に分かれていた。
一、町奉行所。
一、公事方勘定奉行所。
一、寺社奉行所。
一、馬喰町郡代屋敷。
　これらの役所にとっても、旅人宿が訴訟手続きの代行をしてくれれば手間がはぶけるので、幕府は旅人宿の訴訟代行を公認するようになったのである。

「その泊まり客と申しますのは……」

二

宗兵衛が語をつぐ。

「三州吉田（現・愛知《あいち》県豊橋《とよはし》市）で飛脚《ひきやく》問屋をいとなむ甲右衛門《こうえもん》というお人でして、なんでも江戸に送った荷が届いたの届かないのと揉《も》めたあげく、荷主から弁償を迫られたそうで」

その訴訟のために江戸に出てきて、宗兵衛に訴訟の代行を依頼したという。公事宿では、そうした訴訟を「出入物《でいりもの》」（民事事件）と呼んでいる。

調査の結果、荷物の未着は江戸の荷受人の勘違いとわかり、荷主とのあいだで和解が成立した。

「甲右衛門さんは、大層お喜びになられまして、昨夜、浜町《はまちよう》の料亭に一席もうけてくれたのです」

たしなむほどにしか酒の呑《の》めない宗兵衛だったが、せっかくの厚意をむげに断るわけにはいかないので、こころよく甲右衛門のさそいに応じた。

甲右衛門はかなりの酒豪で、しかも話好きだった。宗兵衛は甲右衛門に酌をしながら、もっぱら聞き手にまわっていた。

しばらく世間話に花を咲かせたあと、甲右衛門の口からこんな話が飛び出した。

「三州吉田では、いま神隠しが話題になっているんですよ」

「神隠し？」

思わず宗兵衛は訊き返した。

「半月ほど前に、四人の男が突然姿を消してしまいましてね」

「ほう」

幼い子供などが急に行方知れずになることを、古来、天狗《てんぐ》や山の神の仕業として、

〈神隠し〉

と呼んでいたが、大《だい》のおとなが四人、それもほぼ同じ時期に〝神隠し〟にあうというのは、きわめて異常なことである。地元で話題になるのも当然であろう。

（何かの事件に巻き込まれたのでは？）

直観的に宗兵衛はそう思ったが、甲右衛門はそれを否定するように、

「そのうちの一人はわたしもよく存じているのですが、人の恨《うら》みを買ったり、他人といさかいを起こすような男ではありませんし、何より家族思いの男でしたから、女房子供を残して自分から姿を消すということも考えられません」

ほかの三人についても、行方不明になる理由や原因がまったく見当たらないので、いつしか〝神隠し〟の噂《うわさ》が広まったというのである。

「──なるほど」

宗兵衛の話を聞いて、唐十郎は深くうなずいた。

「確かに妙な話だな」

「妙なのは、それだけではございません。〝神隠し〟にあった四人の男というのは、いずれも腕のいい花火職人だそうで」

「花火職人？」

三河国《みかわのくに》は、花火や火薬の製造が盛んなところである。

わけても毎年七月に行われる吉田の天王祭《てんのうまつり》の花火は有名だった。その盛大な花火の打ち上げの様子を『三河名所図会《ずえ》』はこう伝えている。

「黒煙渦巻《こくえんうずま》き立ち、虚空《こくう》に上がり、火光《かこう》四方に散乱して、その明らかなること白昼の如《ごと》し。その霹靂《へきれき》の如くして見物の諸人《もろびと》、魂《たましい》を飛ばし、肝《きも》を冷やす。ややすぎてのち、絵様《えざま》の形鮮明にわかるに至って、衆人これを賞《ほ》める声、暫時《ざんじ》やまず。実に無比類《ひるいなく》壮観なり。火を移すにその音雷鳴《らいめい》の如く轟《とどろ》き、鮮花《せんか》高々と立ち上がりて四方に落ちる気色《けしき》、桜花の嵐《あらし》に散るが如く、紅葉風に乱るるが如し。このとき屋上に並びいる諸見物、おのおの濡《ぬ》れ莚《むしろ》をかぶりてこれを凌《しの》ぐ」

　また幕末の戯作者《げさくしゃ》・滝沢馬琴《たきざわばきん》は、その著『羇旅漫録《きりょまんろく》』で、

「吉田の花火は天下第一」

と激賞している。徳川家康の時代から、三河国では花火や火薬の製造が自由であったため、職人同士がお互いに競いあって、優れた技術を産んだのである。その伝統技術は現在も引き継がれ、愛知県で生産される音物《おともの》や筒物《つつもの》の乱玉《らんだま》は全国の九十パーセントを占めるという。

（そういえば……）

　唐十郎の脳裏《のうり》にふとひらめくものがあった。先夜の事件を思い出したのである。あの男も三州吉田の出だといっていた。そのことを告げると、宗兵衛は意外そうに目を細めて、

「ほう、それは偶然ですな」

「その男、いまわのきわに弥助と名乗ったが——」

「弥助！」

宗兵衛が瞠目《どうもく》した。

「知っているのか」

「神隠しにあった四人の一人ですよ」

飛脚問屋・甲右衛門の話によると、〝神隠し〟にあったのは、市郎次《いちろうじ》、長吉《ちょうきち》、忠七《ちゅうしち》、弥助の四人で、弥助という男が甲右衛門の知り合いだという。

「歳は三十四、細面《ほそおもて》で眉《まゆ》が太く、やや目のつり上がった男だそうで」

「間違いない。その男だ」

歳恰好も人相もぴったり一致する。弥助が〝神隠し〟にあった一人だとすると、ほかの三人も江戸にいる可能性がある、と唐十郎は思った。

「甲右衛門さんの話によりますと、弥助さんというお人は、その日いつもと変わりなく仕事先に向かい、夕方七ツ半（午後五時）ごろ帰宅の途についたまま、ぷっつり消息を断ってしまったそうです。おそらく帰宅の途中で何かの事件に巻き込まれたのでしょう」

「弥助には、女房子供がいるといったな？」

「はい。七歳の息子と四歳の女の子がいるそうです。弥助さんは二人の子供を目に入れても痛くないほど可愛がっていたとか」

「子煩悩《ぼんのう》だったんだな」

「その弥助さんがまさか江戸で殺されていたとは……」

沈痛な表情で宗兵衛は声を詰まらせた。

「おかみさんや二人の子供たちは、何も知らずに弥助さんの帰りを待ちわびているんです。それを思うと我がことのように胸が痛みましてね」

見かけによらず、この男は人情に厚く、正義感が強い。

世の中には、法で裁けぬ悪事や法で晴らせぬ怨みが山ほどあり、その陰で泣き寝入りしている人々が五万といる。公事宿のあるじとして、そうした人々の悲惨な姿を嫌というほど見てきた宗兵衛は、常々、

（法に頼らずに世の中の理不尽を正す手だてはないものか）

と思案をめぐらせていた。

そんなある日、宗兵衛の後妻・お春《はる》が不逞《ふてい》の浪人どもに拐《かどわ》かされるという事件が起きた。その危機を救ったのが千坂唐十郎だった。

宗兵衛は唐十郎の剣の腕と人物を見込んで、法の網からこぼれ落ちた事件（裏公事）を闇で処理する「始末人」になってもらえないかと持ちかけたのである。

浅草元鳥越の小料理屋『ひさご』の用心棒をしながら、無為徒食の浪人暮らしをしていた唐十郎は、渡りに舟とばかりその仕事を引き受けた。

むろん金だけが目的ではなかった。この世知辛《せちがら》い世の中、身銭《みぜに》を切って世のため人のために一肌脱ごうという宗兵衛の心意気に打たれたからである。

「どうやら、何か裏がありそうだな」

猪口《ちょこ》をかたむけながら、唐十郎が険しい顔でつぶやいた。

「弥助さんが江戸で殺されたとなると、ほかの三人の消息も気になります。せめて三人の安否だけでもわかればと……」

「いいだろう。弥助の最期《さいご》を看取《みと》ったのはおれだ。これも何かの縁かもしれぬ。その仕事請けようじゃないか」

「ありがとう存じます。お手数をおかけいたしますが、一つ、よろしく」

あらたまった感じで頭を下げると、宗兵衛はふところから縞の財布を取り出して小判二枚を唐十郎の膝前《ひざまえ》に置いた。

「これは当座の費用《かかり》でございます。どうぞお納めくださいまし」

勧《すす》められるまま、唐十郎は金子《きんす》を受け取って懐中に納めた。

それから四半刻ほど雑談したあと、二人は別々に『花邑』を出た。

唐十郎はその足で柳橋《やなぎばし》に向かった。船頭の丈吉に会うためである。

丈吉は深川黒江《くろえ》町の『舟清《ふなせい》』という船宿の船頭で、夜はもっぱら深川界隈《かいわい》を持ち場にしているが、昼間は吉原《よしわら》通いの客を目当てに柳橋の船着場に舟をつけている。

柳橋は、神田川河口に架けられた幅二間（約三・六メートル）、長さ十四間（約二十五メートル）の木橋で、橋の北岸一帯は、大川の船遊びや吉原通いの舟の発着所として賑わうようになり、いつしか橋の名が地名になったのである。

丈吉は船着場に猪牙舟をやって、舟縁《ふなべり》についた苔《こけ》を藁束《わらたば》で洗い落としていた。

「丈吉」

桟橋に歩み寄って唐十郎が声をかけると、丈吉はびっくりしたように顔を上げ、

「やァ、旦那」

「精が出るな」

「貧乏暇なしでさ」

丈吉は白い歯を見せて笑った。

「一服つけさせてもらおうか」

「どうぞ、どうぞ」

唐十郎は舟に乗り込んで、艫に腰を下ろした。丈吉が接客用の煙草盆を差し出すと、唐十郎は煙管にきざみ煙草を詰め込み、火打ち石で火をつけてうまそうに吸い込んだ。

「あっしに何か御用ですかい？」

丈吉が訊いた。唐十郎は吸い込んだ煙をゆっくり吐き出しながら、

「その後、何かわかったか？」

と逆に訊き返した。

「へ？」

一瞬、丈吉はきょとんとなったが、すぐにその問いの意味を理解した。

先夜の弥助殺しの件である。あの晩、唐十郎と丈吉は弥助の死体を舟に乗せて清住《きよすみ》町の船着場に運び、近くの自身番屋の番太郎に死体を引き取らせたのだが、その後、どうなったのか、唐十郎は知らなかった。

丈吉の話によると、番太郎の通報を受けて、町奉行所の役人が死体の身元を調べたそうだが、手がかりはまったくなく、結局、弥助の死体は身元不明のまま本《ほん》

所《じょ》・回向院《えこういん》の無縁墓地に葬られたという。

「そうか」

うなずきながら、唐十郎は煙管の火を灰吹きに落とし、二服目の煙草を詰め込むと、やや声を落として、宗兵衛から聞いた話を洩《も》れなく丈吉に打ち明けた。

「へえ。そいつは偶然ですねえ」

丈吉は意外そうにつぶやいた。

「あの男、息を引き取る前に『えんぞう』といい残したが——」

「あっしもしかと聞き届けやしたよ。人の名じゃねえんですかい？」

「おそらくな。……その名に心当たりはないか」

「さァ」

丈吉は小首をかしげた。職業柄、丈吉は深川・本所界隈の消息に通暁《つうぎょう》しており、盛り場の破落戸《ごろつき》や小悪党にも顔が利《き》いた。

だが、『えんぞう』という名の男にはまったく心当たりがない。

「ひょっとすると、流れ者かもしれやせんね」

「うむ」

唐十郎はあの晩のことを思い出していた。瀕死《ひんし》の弥助を引き揚げたのは、小名木川の河口付近だった。おそらく弥助は小名木川の東から流されてきたのだろう。

「海辺大工町《うみべだいく》あたりを聞き込みに歩いてみるか」

海辺大工町は、小名木川に架かる万年橋と高橋《たかばし》のあいだの南岸に広がる町屋である。昔からこの町には操船捕漁を業《なりわい》とする者や船大工が多く住んでおり、それが地名の由来になったという。

現在は、川沿い一帯に川荷船の回漕《かいそう》問屋が軒《のき》をつらね、そこで働く船頭や水夫《かこ》、荷揚げ人足などを相手の飲食店が立ち並び、〝川の湊町《みなとまち》〟のおもむきを呈していた。

三

その日の夕刻――。

唐十郎は丈吉の猪牙舟で小名木川に向かった。

柳橋の船着場から大川を下り、新大橋《しんおおはし》をくぐるとすぐ左手に小名木川が見える。

万年橋の下流の船着場に舟を止めて、二人は海辺大工町に足を向けた。

武家地と寺社地のあいだに飛び地のように散在する海辺大工町は、その位置によって西大工町、仲大工町、東大工町の三町に分かれていた。

三町の中でもっとも繁華なのは仲大工町で、ここには水茶屋や料理茶屋、貸席、小料理屋、居酒屋などが軒をつらね、北岸の常盤町に優るとも劣らぬにぎわいを見せていた。

二人がまず足を踏み入れたのは、押送船《おしおくりぶね》の水夫や荷揚げ人足が溜《た》まり場にしている大きな居酒屋だった。

日が落ちたばかりだというのに、店の中はすでに足の踏み場もないほど混んでいた。

酒の匂いや煮炊《にた》きの煙、人いきれ、汗臭い男たちの体臭が充満している。

丈吉は客の中に顔見知りの男を見つけると、唐十郎を戸口に待たせ、

「松《まっ》つぁん」

男の席に歩み寄って気安げに声をかけた。三十がらみの真っ黒に日焼けした船頭らしき男である。

「おう、久しぶりだな、丈吉」

「ちょいと訊きてえことがあるんだが」

「何だい？」

「『えんぞう』って名の男に心当たりはねえかい？」

「『えんぞう』？　さァ、聞いたことがねえな」

首をかしげながら、男は一緒に酒を呑んでいる人足仲間たちに、

「おい、おめえたち、『えんぞう』って名の男を知ってるか」

大声で訊いたが、男たちは一様に首を振るばかりである。

「みんなも知らねえようだ。その男がどうかしたのかい？」

「いや、なに、あっしの客からちょいと用を頼まれたんでな」

丈吉は方便を使い、邪魔したな、といって席を離れた。その様子を見ていた唐十郎はさりげなく背を返して居酒屋を出た。

次に丈吉が足を向けたのは、路地裏にある『馬酔木《あしび》』という煮売《にうり》屋だった。

その店の亭主は三代にわたって同じ場所で煮売屋をいとなみ、大工町では知らぬ者がいないほど顔が広いという。丈吉にいわせると、

「大工町の主《ぬし》」

のような男だそうである。

『馬酔木』の縄のれんをぐって中に入ると、五十年配の亭主が、

「やァ、丈吉さん、毎度どうも」

と愛想よく二人を迎え入れた。十人も入ればば一杯になるようなせまい店だが、さきほどの居酒屋の混雑とは打って変わって、店内は空《す》いていた。客は一人だけである。

店の奥の席で小肥りの浪人者がむっつりと酒を呑んでいる。

唐十郎が冷や酒を注文し、二人は戸口近くの席に腰を下ろした。

「親爺《おやじ》さん、ちょいと訊きてえことがあるんだが」

酒を運んできた亭主に、丈吉が訊いた。

「『えんぞう』って名の男に心当たりはねえかい？」

「さァ」

と首をひねって、亭主は小さな目を思案げにしばたたかせた。

「最近、この界隈に流れてきた者かもしれねえんだが」

「さァ」

と亭主はまた首をかしげ、申しわけなさそうにかぶりを振った。

「聞かねえ名ですねえ」

「じゃ、弥助って名の男は知らんか」

今度は唐十郎が訊いた。

「生憎《あいにく》ですが、存じやせんね」

「そうか」

結局、そこでも手がかりは得られず、唐十郎と丈吉は冷や酒一本を呑んで店を出た。

二人は、さらに六、七軒の店を聞き込みに歩いたが、やはり『えんぞう』という名につながる情報は何も得られなかった。

すでに時刻は五ツ（午後八時）を過ぎている。

さすがに二人の顔には徒労感がにじんでいる。

「もう二、三軒歩いてみやすか」

盛り場の路地を歩きながら、丈吉がいった。

「おめえ、仕事があるんだろ？」

「へえ」

「今夜はこのへんで切り揚げよう。無駄骨を折らせてすまなかったな」

唐十郎はふところから小粒（一分金）を取り出して、丈吉に手渡した。

「手間賃だ。とっておけ」

「ありがとうございます。じゃ、あっしはここで」

ぺこりと頭を下げて、丈吉は闇の奥に走り去った。それを見送ると、唐十郎は盛り場の路地を抜けて、小名木川の川岸通りに出た。

深川まできたついでに、常盤町二丁目の『魚善』に立ち寄って、またうまい魚を食って行こうと思ったのである。そのときであった。

前方の武家屋敷の築地塀《ついじ》の切れ目から、忽然《こつぜん》として三つの影が現れ、唐十郎の行く手をさえぎるように立ちふさがった。

唐十郎は思わず足を止めて、闇に目をこらした。

三つの影は、着流しの浪人者だった。こちらに向かってゆっくり歩いてくる。

「貴様、何を嗅《か》ぎまわっているんだ？」

一人が野太い声を発した。その顔に見覚えがあった。つい先ほど『馬酔木』でむっつりと酒を呑んでいた小肥りの浪人者である。

「別に……」

「とぼけるな！」

一喝したのは、黒々とひげをたくわえた、見るからに凶悍《きょうかん》な面《つら》がまえの浪人者である。もう一人の背の高い浪人者がひげ面の浪人を押し退けて、ずいと前に歩み出た。

「貴様、弥助とはどういう関わりがあるのだ?」

威圧するような凄味《すごみ》のある声である。唐十郎の顔にふっと冷笑が浮かんだ。

「ふふふ、語るに落ちたな」

「なに!」

長身の浪人が目を剝いた。

「弥助殺しの下手人は、貴様らか」

図星だった。この三人は、先夜、弥助を追っていた浪人どもだったのだ。

「どうやら、貴様、ただの素浪人ではなさそうだな」

「面倒だ。斬《き》り捨てろ!」

『馬酔木』で呑んでいた浪人が、癇性《かんしよう》な声を張り上げた。同時に、

「死ねッ」

ひげ面の浪人が猛然と斬り込んできた。横殴りの一刀である。次の瞬間、唐十郎は片膝をついて身を沈めた。刃うなりを上げて刀が空を切る。

勢いあまって、ひげ面がたたらを踏んだところへ、

しゃっ！

唐十郎の抜きつけの一閃《いっせん》が奔った。神速の逆袈裟《ぎゃくげさ》である。脇腹からおびただしい血を噴き出しながら、ひげ面の浪人者は音を立てて地面に倒れ伏した。

「おのれ！」

小肥りの浪人者が斬りかかってきた。横に跳んで切っ先をかわし、すかさず小肥りの浪人者の背後にまわり込もうとしたとき、
ひゅっ。

と闇を裂いて、唐十郎の左手首を銀光がかすめ、背後の柳の木に何かが突き刺さった。小柄である。左手首に激痛が奔り、血がしたたり落ちた。

思わず左手を放し、片手にぎりに刀を構えながら一方を見た。

長身の浪人者が二本目の小柄を高々とかざしている。

唐十郎は片手にぎりの刀をだらりと下げて仁王立ちした。

右からは小肥りの浪人が刀を上段に構えて迫っていた。右からの斬撃《ざんげき》に応じれば、小柄が飛んでくる。小柄をかわそうとすれば、小肥りの刀が襲ってくる。

（どちらが先に仕掛けてくるか）

唐十郎は片手にぎりの刀をだらりと下げたまま、油断なく二人の動きを見守っ

た。

小肥りの浪人が上段から中段に刀を構え直し、

「どうした？　臆《おく》したか」

挑発するようにいいながら、じりじりと間合いを詰めてくる。

唐十郎は無言で一歩後ずさった。そのとき、小柄をかざした長身の浪人の手がわずかに動いたのを目のすみに見て、

（くる！）

とっさに体を開いて身構えた。異変はそのとき起きた。

びしっ。

と音がして、どこからともなく飛んできた石礫《いしつぶて》が長身の浪人の手首を打ったのである。浪人の手から小柄がはじけ飛んだ。二人の浪人はぎょっとなって闇に目をやった。

黒影が矢のように疾駆してくる。

「な、なにやつ！」

小肥りが吠《ほ》えた。唐十郎はその一瞬の隙《すき》を突いて、小肥りの内ぶところに飛び込み、片手にぎりの刀を左逆袈裟に薙《な》ぎ上げた。

「ぎえっ」

奇声を発して小肥りの浪人は仰向《あおむ》けに転がった。

首の血管《ちくだ》が切り裂かれ、泉水のように血が噴き出している。

唐十郎はすぐさま体を返して身構えた。

その前にどさっと倒れ込んだのは、長身の浪人者だった。背中がざっくり割れている。唐十郎は凝然と闇を透かし見た。

死体のかたわらに血刀を引っ下げた武士が立ちはだかっている。

「貴公は……？」

「…………」

武士は応えようとはせず、刀の血振りをして鞘に納めると、ゆっくり歩み寄り、

「おぬし、公儀の手の者か」

くぐもった低い声で反問した。袖無《そでな》し羽織をまとい、裁着袴《たつつけばかま》をはいた三十なかばと見える精悍な面貌《めんぼう》の武士である。

「見たとおりの素浪人だ」

唐十郎が応えると、武士は険しい表情でかぶりを振り、

「ただの素浪人ではあるまい。おぬしが弥助殺しの一件を探っていたことはすでにわかっている」

「…………」

唐十郎の顔に緊張が奔った。

「誰に頼まれた？」

武士が切り込むように詰問する。

「その前に貴公の素性を聞いておこう」

「それはいえぬ」

「では、おれも応えられぬ」

一拍の沈黙があった。

「わかった。あえて訊くまい」

武士はゆったりと背を返し、

「一言忠告しておく。この件から手を引いたほうが身のためだ」

いいおいて、足早に去っていった。武士を呑み込んだ闇をじっと見つめ、

（妙な雲行きになったな）

胸の内でつぶやきながら、唐十郎は静かに刀を鞘に納めた。

四

三日後の昼下がり――。

自宅の濡れ縁の日溜まりで、唐十郎は刀の手入れをしていた。

父親の形見の左文字国弘である。反《そ》りの浅い大ぶりの太刀で、刃文《はもん》は沸《に》えの少ない大乱れ、見るからに覇気《はき》に富んだ豪壮な作風の筑前物《ちくぜんもの》である。

丁子油《ちょうじあぶら》をふくませた鹿のなめし革《がわ》で、刀身の脂汚れをていねいに拭《ふ》き取り、砥《と》の粉《こ》を打って鞘に納めた。左手首の傷はもうほとんど治っている。そこへ、

「ごめんなすって」

庭の枝折戸《しおりど》を押して、四十五、六のずんぐりとした男が入ってきた。

馬喰町の付木屋《つけぎや》『稲葉屋《いなばや》』のあるじ・重蔵《じゅうぞう》である。

「おう、重蔵」

「ごぶさたしておりやす」

ぺこりと頭を下げると、重蔵は小腰をかがめて縁先に歩み寄ってきた。

「茶でも淹《い》れようか」

唐十郎が腰を上げようとすると、いえ、お構いなくと重蔵は手を振って、

「ちょいとよろしいですか？」

と上目づかいに見た。唐十郎はうなずいて座り直した。

「丈吉から話は聞きやしたよ」

いいながら、重蔵は濡れ縁に腰を下ろした。

「『えんぞう』って名の男を捜してるそうで？」

「うむ。いずれおまえさんの手を借りようと思っていたのだが――」

どうやら、その件で何か情報《ねた》をつかんできたらしい。

重蔵は付木屋をいとなみながら、そのかたわら公事宿『大黒屋』の下座見《げざみ》（情報屋）もつとめている。船頭の丈吉同様、唐十郎の〝裏仕事〟には欠かせない人物である。

「で、何かわかったのか？」

「『えんぞう』ってのは、人の名じゃねえかもしれやせんぜ」

「というと……」

「小名木川のずっと東に八《はち》右衛《え》門新田《もんしんでん》って野っ原があるんですがね」

深川の東はずれには、享保《きょうほう》年間に埋め立てられた広大な土地が点在してお

り、その土地土地に埋め立て工事を行った町人の名が地名として残されている。

八右衛門新田もその一つだった。

「その八右衛門新田の雑木林の中に、『円蔵寺《えんぞうじ》』って無住の荒れ寺があるんで」

「そうか！」

唐十郎は思わず膝を拍《う》った。弥助がいまわのきわに伝えようとしたのは、それに違いない。『円蔵寺』の『寺《じ》』までいいきらぬうちに息が絶えたのだろう。

「重蔵、その寺に案内してくれぬか」

「かしこまりやした」

唐十郎は手早く袴をはき、左文字国弘を腰にたばさんで塗笠《ぬりがさ》をかぶると、重蔵のあとについて家を出た。

半刻（一時間）後、二人は小名木川の南岸を歩いていた。

海辺大工町を過ぎて、さらに東をさして歩くこと四半刻、急に視界が開けて、前方右手（南）に荒涼たる原野が見えた。八右衛門新田である。その南奥に広がる広大な埋め立て地は、「深川十万坪」と呼ばれる千田新田《せんだしんでん》である。

「もうすっかり秋でござんすね」

先を歩く重蔵が、あたりの景色を見渡しながら、独語するように低くつぶやいた。

銀色の穂をつけた薄《すすき》が風にそよぎ、赤とんぼの群れが飛び交っている。

唐十郎は塗笠のふちを押し上げて、四辺を見まわした。

道のわきの草むらには撫子《なでしこ》や桔梗《ききょう》の花がひっそりと咲いている。

「時のうつろいは早いものだな」

「ついこのあいだ蟬《せみ》が鳴いていたかと思ったら、もう赤とんぼが群れ飛ぶ季節ですからねえ。一年なんてあっという間でござんすよ」

「――重蔵」

「へい」

「おまえ、所帯を持つ気はないのか」

唐突な質問に、重蔵は虚《きょ》を突かれたような顔で振り返った。

「所帯？」

「その歳でひとり暮らしというのも味気なかろう」

「いえ、いえ」

重蔵は手を振りながら、

「この歳だからこそ、ひとり身のほうが気楽なんで」

「生涯、やもめ暮らしを通すつもりか」

数瞬の沈黙のあと、重蔵は嘆息まじりにこういった。

「あっしには苦い思い出がありやしてね」

「ほう」

意外そうな面持ちで、唐十郎は先を行く重蔵の背中を見た。

かつてこの男が「夜鴉小僧《よがらす》」の異名を取る名うての盗っ人《ぬすと》だったことは、唐十郎も知っている。だが、よく考えてみると、それ以外のことはほとんど何も知らなかった。

あえて訊こうとは思わなかったし、重蔵自身、自分の過去については多くを語ろうとはしなかったからである。

「あれは、十五、六年前のことでしたか……」

団栗《どんぐり》のように小さな目を細めて、重蔵が述懐する。

「柄《がら》にもなく、本気で女に惚《ほ》れやしてねえ」

武州《ぶしゆう》川越《かわごえ》の場末の居酒屋で小女《こおんな》として働いていた、おみのという女である。

当時、重蔵は三十を過ぎたばかりの男盛りで、おみのは二十一という若さだった。

器量は十人並だったが、色の白い純朴そうな女で、重蔵にいわせれば、〈掃《は》き溜めに鶴《つる》〉のごとく、きわだって輝いて見えたという。そんなおみのに重蔵は一目惚れした。

そして、ひょんなことからおみのと割りない仲になった重蔵は、盗っ人稼業から足を洗う決意をし、数日前に川越の造り酒屋から盗み取った百五十両の金を持って、おみのと一緒に江戸へ逃げようとしたのである。

ところが、出立前夜、それに気づいた二人の盗っ人仲間が重蔵の隠れ家を急襲、激しい斬り合いになった。重蔵は深手を負いながらも、かろうじて仲間二人を斬り捨てたが、気がつくとおみのは部屋のすみで血まみれになって倒れていた。

そのときのおみのの野花のように儚《はかな》げな死に顔が、いまでも重蔵の記憶の襞《ひだ》に鮮明に焼きついている。

「かわいそうに……、おみのは巻き添えを食って……」

重蔵は声を詰まらせた。

「死んだのか」

「へえ」

それ以来、重蔵は二度と女に惚れることはなかった。仲間も持たなかった。一匹狼の盗っ人として、江戸の闇を跋扈《ばっこ》するようになったのは、そのころからである。

「なるほどな。そんないきさつがあったのか……」

「へへへ、つまらねえ身の上話をしちまって」

重蔵は照れるように頭をかいた。が、急に真顔になって、

「あの林です」

と前方を指さした。

広大な薄《すすき》原のかなたにこんもりと茂る雑木林が見えた。

その雑木林に向かって、一本道が真っ直ぐ延びている。

二人は歩度を速めて、雑木林に向かった。

近づいて見ると、思いのほか大きな林だった。道に沿って杉の老樹が立ち並び、その周囲にこれも樹齢を重ねた楓《かえで》や楢《なら》、櫟《くぬぎ》、橅《ぶな》などが生い茂っている。

林に分け入って半丁（約五十メートル）ほど行ったところに、朽《く》ち果てた山門が立っていた。長年風雨にさらされて、いまにもひしげそうなその山門の扁額《へんがく》

に、

〈円蔵寺〉

の三文字がかすかに読み取れた。重蔵の話によると『円蔵寺』は天台宗《てんだい》・円厳《えんげん》院《いん》の末寺《まつじ》で、元禄《げんろく》ごろに創建されたそうである。

七年ほど前に、この寺の住職と梵妻《だいこく》（住職の妻）が疫病《えきびょう》にかかって死没。四、五人いた修行僧も本寺にもどってしまった。

以来、寺を継ぐ者もなく、荒れるにまかされてきたという。

杉並木の道を抜け、苔むした石畳の参道を行くと、正面に本堂が見えた。

なるほど、見るも無残な荒れ果てようである。茅葺《かやぶ》き屋根にはぺんぺん草が生え、堂の土壁は崩落し、回廊の床板は腐れ落ちている。

堂内の床にはうずたかく埃《ほこり》が積もり、天井は蜘蛛《くも》の巣だらけ。仏像や仏具類は盗まれたのであろう。残されているのは、倒壊した須弥壇《しゅみだん》の残骸《ざんがい》だけで、文字どおりの〝がらんどう〟である。

「変わった様子はありやせんね」

本堂をのぞき込んで、重蔵がいった。

「裏にまわってみよう」

「へい」

二人は油断なく周囲の気配を探りながら、本堂裏手の僧房《そうぼう》に足を向けた。

僧房は住職や僧侶たちが起居する寺院付属の家屋である。

屋根は桟瓦《さんがわら》葺きで、荒れ放題の本堂に比べると建物自体はかなりしっかりしていた。

重蔵が玄関に歩み寄って、中の気配を探る。

人の気配はおろか、物音一つ聞こえない。

「中に入ってみやすか」

「おれが先に行こう」

唐十郎は刀の柄に手をかけて、用心深く玄関に足を踏み入れた。そのあとに重蔵がつづく。土足のまま廊下に上がった。ぎしぎしと床板がきしむ。

廊下の右側に八畳ほどの畳部屋があった。

以前、この部屋は庫裏《くり》（住職夫婦の居間）として使われていたのだろう。

火鉢や茶箪笥《だんす》、厨子《ずし》などの家具調度類が埃をかぶったまま往時の面影《おもかげ》をとどめていた。

唐十郎は廊下の突き当たりの襖《ふすま》の前で足を止め、後続の重蔵を振り返った。

（踏み込むぞ）

と目で合図を送る。重蔵は無言でうなずき、ふところに忍ばせた匕首《あいくち》の柄をにぎりしめて唐十郎の背後に立つ。

がらり、襖を引き開けた。

二十畳はあろうかという、板敷きの大広間である。

唐十郎と重蔵は思わず顔を見交わした。床一面に煎餅《せんべい》布団《ぶとん》が敷きつめられ、あちこちに欠けた茶碗《ちゃわん》や湯飲み、皿小鉢などが散らばっている。

部屋の片すみには、薄汚れた半纏や股引きが乱雑に脱ぎ捨てられている。明らかに人が生活していた痕跡《こんせき》である。それも一人や二人ではない。布団や食器の数から推測すると、少なくとも七、八人がこの部屋で寝起きしていたようだ。

「どうやら、弥助たちはここに監禁されていたようだな」

唐十郎がいった。

「そのようで」

「重蔵、これで一つ、謎が解けたぜ」

三州吉田で〝神隠し〟にあった弥助、市郎次、長吉、忠七の四人の花火職人は、何者かに拉致《らち》されて江戸に連れてこられ、この部屋に監禁されていたに違いない。

「あの晩、弥助は監視の目を盗んでここを逃げ出したのだろう」

それに気づいた浪人どもがすぐにあとを追い、小名木川の川岸通りで弥助を見つけ、小柄を投擲した。その小柄が弥助の背中をつらぬき、弥助は小名木川に転落した。

「そう考えればすべて平仄《ひょうそく》が合う」

「すると……」

重蔵の小さな目がきらりと光った。

「三日前の晩、旦那を襲った三人の浪人ってのは――」

「弥助を殺した浪人どもだ」

唐十郎は断言した。

三人の浪人は唐十郎が弥助殺しの一件を探っていることを知り、唐十郎を消そうとしたのである。だが、逆に唐十郎と謎の武士によって斬り伏せられた。

「それで一味はあわててここを引き払ったに違いない」

「なるほど」

「重蔵、奥にも部屋があるぜ」

唐十郎は広間を突っ切って、奥の部屋の遣戸《やりど》を引き開けた。

八畳ほどの板間である。納戸《なんど》として使われていたらしく、古い長持《ながもち》や木箱が放置されている。唐十郎は部屋のすみに転がっている円形の大きな木枠《きわく》を拾い上げて見た。

「何ですかい？　それは」

と重蔵がのぞき込む。

「篩《ふるい》だ」

「ずいぶんとでっかい篩ですが、もともと、この寺にあった物ですかね」

「さァな」

丸い木枠の底に絹で編んだ網が張ってある。いわゆる絹篩《きぬぶるい》である。その網に黒い粉末が付着している。唐十郎は指先で粉末をすくって見た。

「炭を篩にかけていたようだな」

「炭を？　……粉炭《こなずみ》でも作ってたんですかね」

「いや」

唐十郎は首を振った。

「粉炭を作るのに絹篩は使わんだろう」

いいながら、篩をもとの場所に置いて、部屋の奥に目をやった。

板戸がある。その戸を押し開けると、まばゆいばかりの陽光が差し込んできた。

裏境内《けいだい》に通じる戸だった。二人はそこから表に出た。

雑草が生い茂っている。唐十郎はふとかがみ込んで足元を見た。戸口の雑草が踏みしだかれて、地面に太い二本の筋が残っている。

「轍《わだち》だ」

重蔵もかがみ込んで見た。

「轍の幅からすると、こいつは大八車ですね」

「何か運び出したようだな」

「裏門のほうにつづいてますぜ」

二人は立ち上がり、草地に残された轍をたどって裏門に向かった。
五、六間行ったところで、突然、先を行く重蔵が、
「旦那！」

と驚声を上げて振り返った。

「どうした」

「ひ、人が死んでやす！」

唐十郎は反射的に翻身《ほんしん》し、重蔵が指さす灌木《かんぼく》の茂みに飛び込んだ。

生い茂る雑草の中に埋もれるようにして、血まみれの武士が倒れていた。

「この侍は……！」

唐十郎の顔が凍りついた。

「旦那、ご存じなんで？」

「ああ」

三日前の夜、小名木川の川岸通りで出会った謎の武士だった。袖無し羽織に裁着袴といういでたちも、あの夜とまったく同じである。

唐十郎は片膝をついて、丹念に死体を見やった。

複数の敵に斬られたのであろう。体じゅうに斬り傷がある。

めった斬りといっていい。衣服に付着しているおびただしい血はすでに赤黒く凝固し、死体から腐臭がただよっている。

「殺されて二、三日はたっているようだな」

「何者ですかね、この侍」

「わからん」

唐十郎は険しい顔でかぶりを振り、

「ただ一つだけ確かなことは……」

つぶやくようにいった。

「この侍も弥助殺しの一件を探っていた、ということだ」

五

唐十郎と重蔵は、裏門を出て土塀沿いにもとの道にもどった。

釣瓶《つるべ》落としの秋の陽が西に傾きはじめ、雲の峰がうっすらと茜《あかね》色に染まっている。

薄《すすき》原を切り裂くように延びる一本道に、長い影を落としながら、二人は小名木川に向かって黙々と歩きつづけた。しばらく無言の行歩《ぎょうぶ》がつづいたあと、

「もうちょっと早く気づいていれば……」

重蔵が苦い声でぼそりといった。

「浪人どもを一網打尽《いちもうだじん》にできたんですがね」

「だが、それなりに収穫はあったさ」

唐十郎が慰撫《いぶ》するようにいう。『えんぞう』という言葉の謎が解けたことや、それによって〝神隠し〟のからくりが見えたことが最大の収穫だった。

「弥助たちがあの寺に監禁されていたことはほぼ間違いあるまい」

「けど」

と重蔵はいぶかるように小さな目をしばたたかせて、

「いってえ何のために花火職人を……？」

「問題はそれだ」

浪人一味がどんな目的で弥助たちを拉致したのか。

彼らを荒れ寺に監禁して、いったい何を企《たくら》んでいたのか。

唐十郎にもさっぱりそのねらいが読めなかった。

謎はもう一つある。『円蔵寺』の裏境内で殺されていた武士の素性である。

「番所の隠密廻りか、公儀の探索方じゃねえでしょうか」

と重蔵はいったが、唐十郎は言下にそれを否定した。もし、そうであれば堂々
とおのれの身分を打ち明けていたはずである。武士はかたくなに素性を隠したま
ま、

「この件から手を引いたほうが身のためだ」

といい残して立ち去った。いま思えば、その言葉の裏には、

「当方の探索の邪魔をするな」

という警告の意味が込められていたのかもしれない。武士はその時点ですでに、『円蔵寺』が浪人一味の根城であることを突き止めていたのであろう。

それにしても、この事件は謎が多すぎる。

(思いのほか、厄介《やっかい》な仕事になりそうだ)

唐十郎の口から、大きなため息が洩れた。


ほどなく小名木川の川岸の道に出た。

帆をかけた押送船が西に向かってゆったりと川面をすべってゆく。

前述したように小名木川は、下総《しもうさ》行徳の塩を江戸に運ぶために開削された川幅二十間の大運河で、高瀬船や押送船などの大型の川船も楽に航行できるのだ。

押送船が描いた航跡が、幾重ものうねりになって川の両岸に打ち寄せ、川辺に生い茂る真菰《まこも》や葦《あし》をざわざわと揺らしている。

重蔵がふと足を止めて、対岸の葦の茂みに目をやった。

「どうした？」

唐十郎がけげんそうに振り返った。

「あの苫舟《とまぶね》は……」

「苫舟？」

塗笠のふちを押し上げて、重蔵の指さすほうを見ると、対岸の葦の茂みの中で、一艘の苫舟が押送船の波を受けて木の葉のように揺れていた。

ちなみに、苫舟とは菅《すげ》や茅で編んだ菰《こも》のようなもので屋根をかけた小舟のことをいう。

「あの舟がどうかしたのか」

「あれは舟饅頭《ふなまんじゆう》といいやしてね。ほらほら、女が……」

苫舟の中から、厚化粧の女がちらりと顔をのぞかせた。若い女ではなかった。三十過ぎと見える、やつれた感じの女である。

女は二人に気づいてすぐに首を引っ込めてしまった。

「あの女は、舟ん中に客を引き込んで商売してるんで」

つまり、水上売春婦である。

唐十郎は知らなかったが、江戸ではそうした水上売春を「舟饅頭」とか「お千代舟」、「うつろ舟」などと呼んでいた。

江戸時代後期の随筆『守貞漫稿《もりさだまんこう》』は、舟饅頭の語源を、

〈泊船《とまりぶね》に饅頭を売るのを名目としたことから起こった〉

と記している。また享保年間の文献には、

〈往《いん》じ万治《まんじ》の頃《ころ》か、一人のまんぢう（長者）放蕩《どら》を打って深川辺に落魄《らくはく》して、船売女になじみ、己《おの》が名題《めいだい》をゆるしたりしこそ、いう甲斐もなく、いと浅ましといひけり〉

とあり、放蕩《ほうとう》で身を持ち崩した長者を「饅頭」としている。

この一文を見ると、舟饅頭は万治年間（一六五八〜六一）からあったらしい。

「まさか、重蔵……」

唐十郎が意味ありげに笑っていった。

「ついでにその舟饅頭を食っていこうというんじゃねえだろうな」

「と、とんでもございやせん」

重蔵はあわてて手を振った。

「ちょいとひらめいたことがあるんで」

「どんなことだ？」

「一味は船を使って別の場所に移ったのかもしれやせんぜ」

「船を……」

「連中は花火職人を三人連れているし、それに大八車の車牽《ひ》きや荷運びの人足などを加えるとかなりの人数だったに違いありやせん」

「十二、三人はいただろうな」

「それほどの大人数を引き連れて町中を歩いたら、嫌でも人目につきやすからね」

「なるほど、それで船を使ったというわけか」

「ひょっとしたら、連中が船に乗り込むところを、舟饅頭の女が見ていたんじゃねえかと」

「さすがだな、重蔵」

唐十郎はにやりと笑い、善は急げだ、さっそく舟饅頭の女に当たってみよう、と重蔵をうながして踵《きびす》を返した。

二人はそこから西へ一丁（約百メートル）ほど下ったところの木橋を渡り、対岸の土手道をたどって、苫舟がもやっている川原に下りていった。

「ちょいとものを訊《たず》ねるが」

重蔵が岸辺に立って苫舟に声をかけると、簾《すだれ》のあいだから先刻《さっき》の女が顔を突き出し、うろんな目で二人を見た。

「二日か、三日前の晩、向こう岸に船をつけて、荷物を積み込んでる連中を見なかったかい？」

女はちょっと思案するように目を泳がせたが、「知らないね」とそっけなくいって、顔を引っ込めてしまった。明らかに関わりを恐れている様子である。

それを見て、唐十郎はふところから小粒（一分金）を取り出し、重蔵に手渡した。

（合点《がってん》）

と目顔でうなずくと、重蔵は丸太組の桟橋に歩み寄り、苫舟の中に小粒を投げ込んだ。ややあって、簾のあいだから、女がいぶかるように顔をのぞかせ、

「何だい？　このお金は……」

「礼金よ」

「………」

女は目を丸くして胴の間に落ちている小粒を見つめている。舟饅頭の遊び代の相場は夜鷹《よたか》と同じ三十二文である。女にとって一分金は夢のような大金なのだ。

「その金で思い出してくれねえかい？」

重蔵がうながすと、女はいきなり手を伸ばして小粒をつかみ取り、

「確かに見ましたよ」

と、きっぱりいった。声の調子も言葉遣いも一変している。

「おとついの晩……、四ツ（午後十時）を少し過ぎたころでしたかね。向こう岸に一艘の船が止まったんです」

真夜中に小名木川を行き来する船はほとんどない。ましてや、船着場もない川岸に船が着くことなどはめったにないことだった。

何事が起きたのかと、不審に思いながら苫舟の中から様子を窺《うかが》っていると、

「土手の上に大八車が止まりましてね」
七、八人の男たちが船に荷物を積み込みはじめたという。
「その中に浪人者はいなかったかい？」

「さァ、何しろ暗闇《くらやみ》だったもんですから」

「船はどんな船だった？」

「荷足船《にたりぶね》でした」

荷足船は、猪牙舟に似た一本水押《みよし》の川船で、長さは快速の猪牙舟と同程度だ

が、幅が三割以上も広く、速さより積載量や安定性を重視した船である。

おもに江戸湾や市中河川で荷物や客輸送のほか、投網漁業など多目的に使われた。

「そういえば」

女がふと何かを思い出したように目を細めた。

「船人足の中に一人だけ見覚えのある男が……」

「見覚え？　そいつは妙な話だな。おめえさん、暗闇で何も見えなかったといったじゃねえか」

「岸辺のほうは見えませんでしたけど、船の上はぼんやり見えましたよ。舳先《へさき》に船提灯《ふなちょうちん》がぶら下がってましたから」

「なるほど」

「その男はちょうど船提灯の真下で荷物を積んでいたんです」

「で、誰なんだい？　その男は」

「どこの誰かはわかりませんが、一度、客として会ったことが」

「ほう。おめえさんの客だったのかい」

「歳は三十なかばぐらい。目つきの悪い男で……、そうそう、背中に般若《はんにゃ》の彫物《ほりもの》があリましたよ」

「般若の彫物か」

「あたしが知ってるのはそれだけ。このお金遠慮なくいただいておきますよ」

そういうと、女はさっと簾を下ろして苫の中にもぐり込んでしまった。

重蔵は苦笑を浮かべて背を返した。二人のやりとりを聞いていた唐十郎が、

「それだけ聞けば十分だ」

と小声でいい、あごをしゃくって重蔵をうながした。

第二章　霞《かすみ》の仁兵衛《にへえ》

一

「般若《はんにゃ》の彫物《ほりもの》？」

箸《はし》を持つ手を止めて、丈吉がけげんそうに唐十郎を見返した。

柳橋の蕎麦《そば》屋『利久庵《りきゅうあん》』の店内である。

昼時を過ぎているせいか、店の中は空《す》いていた。客は二人のほかに近所の隠居らしき老人だけである。唐十郎は衝立《ついたて》越しにその老人をちらりと見て、

「荷足船《にたりぶね》の船人足だ」

と小声でいった。

「歳は三十なかば、目つきの悪い男だったそうだが……、心当たりはないか？」

「さあ」

と首をかしげながら、丈吉はふたたび蕎麦をすすり、

「深川の船頭や船人足どもは、ほとんどが背中に彫物をしょってやすからねえ」

「一人ひとり調べるわけにもいかんしな」

「けど、旦那《だんな》……」

ふっと思いついたように丈吉が顔を上げた。

「多少、手間暇《ひま》はかかりやすが、捜し出す手はありやすぜ」

「どんな手だ？」

「湯屋ですよ」

「そうか。……丈吉、いいところに目をつけたぞ」

唐十郎が破顔した。

この時代、据風呂《すえぶろ》（自家風呂）を持つ家はきわめてまれで、一般庶民はもっぱら湯屋（銭湯）を利用していた。物の書によると、当時の江戸には二町に一軒の割合いで湯屋があったという。

後年（寛政《かんせい》年間）、幕府は湯屋の新規開業を規制し、両側町（両側が道に面した町）は四町に一軒、片側町（片側だけが道に面した町）は五町に一軒、と制限した。

「深川には何軒ぐらい湯屋があるんだ？」

唐十郎が訊《き》く。

「ざっと数えて十四、五軒じゃねえかと」

その湯屋を一軒一軒、虱《しらみ》つぶしに歩けば、般若の彫物の男の素性がつかめるかもしれないと丈吉はいい、蒸籠《せいろ》に残った蕎麦を一気にすすり上げた。

そこへ店の亭主が蕎麦湯を運んできた。二人はぷつりと口を閉ざし、蕎麦湯を蕎麦猪口《ちょこ》に注いで飲んだ。ややあって唐十郎が、

「ところで丈吉、最近、お仙《せん》の姿を見かけんが、どうしている?」

思い出したように訊いた。お仙は丈吉の四つ違いの妹である。

「下谷《したや》広小路の菓子屋を手伝っておりやす」

「菓子屋を?」

「へえ。『生駒《いこま》屋』って老舗《しにせ》の菓子屋なんですがね。その店の娘に頼まれたそうで」

「毎日通っているのか」

「いえ、店が忙しいときだけ手伝いにいってるそうです。お仙に何か用事でも?」

「いや、いまのところは何もない」

「もし何かあったら、遠慮なくお申しつけください」

「ああ、……腹は足りたのか？」

「へえ。十分いただきやした」

「じゃ、出よう」

卓の上に蕎麦代を置いて、唐十郎は立ち上がった。

『利久庵』を出たところで唐十郎は丈吉と別れ、帰途についた。

神田川北岸の土手道を西へ行き、筋違橋を渡って八辻《やつじ》ケ原《はら》に出れば、神田多町は指呼《しこ》の距離である。

八辻ケ原は筋違橋の南側に広がる広大な火除地《ひよけち》で、八方から道が通じているところからその名がついた。昼間は大道芸人や辻講釈師、薬売り、葦簾《よしず》がけの茶店などが床《とこ》を張り、たいそうなにぎわいを見せるが、陽が落ちると人っ子ひとり通らぬ寂しい場所になり、怪しげな白首女が出没するという。

「この阿魔《あま》！　どこ見て歩いてやがるんだ！」

人混みの中から、突然、男の怒声がひびいた。

唐十郎は首をめぐらして声のほうを見やった。人垣ができている。歩み寄って人垣の中をのぞき込んだ。広袖《ひろそで》の格子縞《こうしじま》を着流しにしたやくざ風の男が、片袖をまくり上げて凄《すご》んでいる。その前に若い女が土下座していた。

「申しわけございません。どうかお許しくださいまし」

女は地面に手を突いて必死に詫《わ》びている。

「詫びてすむってもんじゃねえぜ」

昼間から酒を食らっているのか、男は目のふちを赤く染めている。

「おめえ、わざとぶつかってきたんじゃねえのか」

「め、めっそうもございません。あくまでもわたくしの不注意で……」

「いいわけなんかどうでもいい。このままじゃ引っ込みがつかねえからな。落とし前をつけてもらおうじゃねえか」

「落とし前、と申しますと？」

「ちょいとそのへんまで付き合ってもらおうか」

いきなり女の手を取った。

「そ、そんな、ご無体《むたい》な……！」

男の手を振り払って、女は怯《おび》えるように後ずさった。

「無体だとォ！　ふざけたことをぬかしやがって」

わめきながら男が拳《こぶし》を振り上げようとしたとき、背後からぬっと伸びた手が男の襟首《えりくび》をつかんだ。男はぎょっとなって振り向いた。唐十郎が仁王立ちしている。

「な、なんだ、てめえは！」

「女は謝っている。許してやれ」

「やかましいやい！　素浪人の出る幕じゃねえ！」

逆上した男が猛然と殴りかかった。

唐十郎はひょいと体《たい》をかわし、振り上げた男の右腕をむんずとつかんでひねり倒した。男の体が半回転し、ドスンと音を立てて地面に叩《たた》きつけられた。

蛙《かえる》のように地面に這《は》いつくばっている男のぶざまな姿を見て、人垣の中から失笑が洩《も》れた。男はあわてて立ち上がり、

「ち、ちくしょう！　覚えてやがれ」

捨て台詞《ぜりふ》を残して、脱兎《だっと》のごとく遁走《とんそう》した。

唐十郎は地面に横座りになっている女のもとに歩み寄り、

「怪我《けが》はないか」

と手を差し伸べて女を立ち上がらせた。男に突き飛ばされたとき、足首でもひねったのだろう、右足を庇《かば》うようにして立っている。

「ありがとうございます」

女が深々と頭を下げた。歳は二十一、二。肌が抜けるように白く、目は切れ長で、花びらのように可憐《かれん》な唇《くちびる》をしている。粗末な着物を着ているが、どこか凛《りん》とした気品をただよわせた女である。女の顔を見た瞬間、唐十郎の胸に閃電《せんでん》のごとく熱いものが奔《はし》った。

（似ている）

かつての許嫁《いいなずけ》・登勢《とせ》に酷似《こくじ》している。瓜《うり》ふたつといっていい。

内心、唐十郎は動揺していた。

「おかげで助かりました。本当にありがとうございます」

もう一度礼をいって女は歩き出そうとしたが、一歩踏み出したところで体を右に大きくよろめかせた。唐十郎はとっさに女の手を取って体を支えた。

「足を傷めたようだな」

「あ、でも……、ご心配には……」

「無理をするな。わたしが送っていこう」

「あ、あの、本当に……」

「怪しい者ではない。わたしは美濃浪人・千坂唐十郎と申すものだ」

「申し遅れました。わたくしは八重《やえ》と申します」

「家は近いのか」

「連雀町《れんじやく》です」

「わたしは多町に住んでいる。同じ方角だ。送って行こう」

女の体を抱えるようにして歩き出した。

八重と名乗った女は、恥じらうようにうつむき、唐十郎に抱えられながら、ゆっくり歩を踏み出した。後《おく》れ毛《げ》を散らした白いうなじから、馥郁《ふくいく》たる香りがただよってくる。

わけもなく唐十郎の胸が高鳴った。

千坂唐十郎には、将来《すえ》を約束した許嫁がいた。美濃大垣藩・郡《こおり》奉行配下の在方下役人《ざいかたしたやくにん》・山根忠左衛門《やまねちゆうざえもん》の一人娘・登勢という女である。

当時、唐十郎は大垣藩の徒士頭《かちがしら》をつとめていた。百二十石の中級藩士だった。唐十郎が結婚を決意したのは、登勢と交際をはじめて四年後のことだった。両親と死に別れて家督を継いだのを契機に身を固めようと思ったのである。

ところが、そのときすでに登勢には婚約者がいたのだ。

相手は郡奉行・倉橋監物《くらはしけんもつ》の総領息子・源吾《げんご》。父親の忠左衛門が、登勢の意思を無視して勝手に決めてきた縁談だった。

唐十郎にとっては、まさに寝耳に水の話だった。

だが、親同士が決めた縁組をいまさらくつがえすことはできなかった。

文字どおり、生木を割《さ》くように唐十郎との仲を引き裂かれた登勢は、泣く泣く源吾のもとに嫁いでいった。誰の目にもそれは明らかな政略結婚だった。

事実、登勢が倉橋家に嫁いだあと、父親の山根忠左衛門は在方下役人から郡奉行所の手代に昇格している。

——これが現実なのだ。

おのれにそういい聞かせながら、唐十郎は登勢への想いを断ち切った。

それから二年後、大垣城下の街角で、唐十郎は偶然買い物帰りの登勢と再会した。

「一度お会いして、お詫びを申し上げたかったのです。このままでは生涯、わたくしの心に悔いが残ります。ぜひお話だけでも……」

登勢にそう懇願された唐十郎は、未練に引きずられながら近くの料理茶屋に入った。

それがそもそもの間違いのもとだった。

翌日には、もうその噂《うわさ》が、登勢の夫・倉橋源吾の耳に入っていたのである。偏執的で猜疑心《さいぎしん》のつよい源吾は、唐十郎と登勢の仲を邪推し、

「そなた、不義密通を犯したであろう。正直に申せ！」

嫉妬《しっと》に狂って激しく登勢を責めたてた。むろん、登勢には身に覚えのないことだった。必死に潔白を訴えたが、源吾は耳も貸さず、

「それほど昔の男が恋しいか！」

あたりはばからず怒鳴り散らし、あげくの果ては殴る蹴《け》るの暴力三昧《ざんまい》。

登勢にとって、毎日が針の筵《むしろ》だった。そしてついに、夫の嫉妬と暴力に耐えかねた登勢は、屋敷の裏庭の欅《けやき》の木で首をくくって自害してしまったのである。

倉橋家は、登勢の死を「病死」として内々に処理したが、人づてに事の真相を知った唐十郎は、その日の夕刻、身支度をととのえて下城の源吾を待ち伏せし、二人の供侍ともども源吾を斬《き》り捨てて脱藩逐電《ちくでん》した。

それから三年、信濃《しなの》、越後《えちご》、上州《じょうしゅう》と流浪の旅をつづけ、去年の暮れに江戸に流れついたのである。

三年間の流浪の旅、そして半年余の江戸でのすさんだ浪人暮らし。いつしか唐十郎の記憶から登勢の面影《おもかげ》も消えかかっていた。そんな矢先に、

（登勢に瓜ふたつ）

の八重という女に出会ったのである。唐十郎が動揺するのも無理はなかった。

気がつくと、二人は連雀町の路地を歩いていた。八辻ケ原からここまでのあいだ、二人はまったく言葉をかわしていない。

唐十郎はおのれの肩越しに、あらためて八重の顔をのぞき見た。

あいかわらず八重は恥じらうようにうつむいている。長い睫毛《まつげ》が切れ長な目の下に淡い影をにじませ、恐怖で青ざめていた頰《ほお》にも、うっすらと血の気がさして桃色に染まっている。まばゆいばかりの美しさである。そしてすべてが登勢に生き写しだった。

「ここです」

ふいに八重が足を止めて顔を上げた。唐十郎はハッと我に返って見た。

連雀町の路地奥の長屋の前である。

「むさ苦しいところですが、どうぞ、お上がりくださいまし」

「いや、わたしはここで失礼する」

唐十郎が踵《きびす》を返そうとすると、突然、長屋の腰高障子ががらりと開いて、肩幅の広い、がっしりした体軀《たいく》の四十年配の浪人者が姿を現した。

八重の父親・瀬川《せがわ》伊右衛門《いえもん》である。唐十郎の姿をちらりと見て、

「どうした？ 何かあったのか」

伊右衛門が不審そうに八重に訊いた。

「実は……」

と八重が事情を説明する。話を聞いたとたん、伊右衛門は、

「それはそれは……」

と腰をかがめて唐十郎に向き直り、

「ご厚情《こうじよう》、かたじけのうございます。手前は越後浪人・瀬川伊右衛門と申すもの。娘に代わって、あらためて手前からも御礼申し上げます」

「礼をいわれるほどのことでは……」

面はゆそうな笑みを浮かべて、踵を返そうとする唐十郎に、

「何のお構いもでき申さぬが、もしよろしければ酒《ささ》など一盞《いっさん》――」

「いや、所用があるので、わたしはこれにて。……ごめん」

一礼すると、唐十郎は二人の視線を振り切るように背を返して、足早に立ち去

った。

二

唐十郎の姿が路地角に消えるのを見届けると、伊右衛門は八重をうながして家の中に入った。半坪ほどの三和土《たたき》があり、その奥は六畳の部屋になっている。

傘張りの手内職をしているらしく、部屋には張りかけの傘や、古骨《ふるぼね》(使い古した傘の骨)、張りおえた傘の束、糊皿《のりざら》、刷毛《はけ》などがところせましと散乱している。

「江戸には奇特なご仁《じん》がいるものだな」

つぶやきながら、伊右衛門は張りかけの傘の前に腰を据えた。

「千坂さまのおかげで、本当に助かりましたわ」

安堵《あんど》の表情でそういうと、八重は台所にいって茶を淹《い》れてきた。

「で、足の怪我はどうなのだ?」

「まだ少し痛みますけど、でも、大したことはありません。二、三日すれば治ると思います」

気丈にそういって、八重は部屋のすみに腰を下ろし、縫いかけの着物に針を運ばせはじめた。これも暮らしを支えるための手内職である。

茶をすすりながら、伊右衛門は慈《いつく》しむような目で八重を見た。

「すまんな。おまえにまで苦労をかけてしまって」

「父上」

八重は屈託《くったく》のない笑みを浮かべて、かぶりを振った。

「苦労だなんて、わたしは何とも思っていませんよ。気になさらないでください」

「せめて、おまえだけでも仕合わせになってくれれば……」

しみじみとつぶやき、ふと思い出したように、

「ところで、神崎《かんざき》どのとは、その後どうなっているのだ？」

神崎とは、公儀の御同朋頭《ごどうぼうがしら》をつとめる二百石の旗本・神崎将左衛門《しょうざえもん》の次男・神崎慎之助《しんのすけ》のことである。

「どうって――」

八重の目が泳いだ。明らかに含羞《がんしゅう》の色が浮かんでいる。

三月《みつき》ほど前、八重は針仕事を請け負っている日本橋駿河《するが》町の呉服問屋『結城《ゆうき》屋』の番頭に頼まれて、神崎将左衛門の妻女・りくに仕立て上がりの着物を届け

にいった。

そのとき、はじめて屋敷内で慎之助と会ったのである。

声をかけてきたのは、慎之助だった。

仕立て物を届けて退出した八重を、慎之助が屋敷の外に追ってきて、

「そなた、武家の娘か」

いきなり問いかけてきたのである。

「はい。越後浪人・瀬川伊右衛門の娘で、八重と申します」

「そうか。急ぎの用事がなければ、そのへんで飯でも食わぬか」

相手は『結城屋』の得意先の息子である。むげに断るわけにもいかないので、八重はためらいながらも慎之助のさそいに応じた。

それが慎之助との交際のはじまりだった。

慎之助はその後も『結城屋』の番頭を通じて、たびたび八重を芝居見物や船遊びにさそった。何度か逢瀬《おうせ》を重ねるうちに、いつしか八重も慎之助に心ひかれるようになった。

そんなある日、八重は慎之助から意外な言葉を聞かされた。

「わたしはそなたが好きだ。いずれそなたを娶《めと》りたいと思っている」

求婚の告白である。一瞬、八重は絶句し、信じられぬ面持ちで慎之助を見返した。

嬉《うれ》しかった。涙が出るほど嬉しかった。

だが……。

八重の心の中には、慎之助の言葉を素直に受け入れられないわだかまりがあった。

慎之助はれっきとした旗本の次男であり、八重は零落《れいらく》した浪人の娘である。身分が違い過ぎた。家柄を重んじる旗本が、どこの馬の骨かわからぬ浪人者の娘などを嫁に迎え入れるわけがない。しょせんは、

(叶《かな》わぬ夢)

なのである。八重が返事をためらっていると、その胸中を読み取ったかのように、

「案ずるな」

慎之助がやさしく語りかけてきた。

「旗本といっても、神崎家はたかが二百石取りの御同朋頭、相手の家柄をとやかくいえるような身分ではない。それにわたしは部屋住みの次男坊だからな。家名

は兄上が継ぎ、わたしはいずれ神崎の家を出なければならぬ身なのだ」

つまり、束縛されるものは何もないというのである。

「わたしが決めたことに異を唱える者は誰もいない。……すぐにという話ではないが、いずれ時機をみて父と母にも打ち明ける。そなたもその心づもりでいてくれ」

「慎之助さま」

思わず八重は慎之助の胸に取りすがり、堰《せき》を切ったように嗚咽《おえつ》した。

慎之助と八重が真面目な交際をしていることは、父親の伊右衛門も知っていた。

八重の紹介で一度慎之助にも会ったことがあり、その誠実な言動から、

（この二人は一緒になるのではないか）

と直観し、ひそかな期待も抱いていた。

慎之助が八重を娶ってくれれば、武家の妻女として仕合わせな暮らしができる。それだけがいまの伊右衛門の唯一の希《のぞ》みであり、夢だった。

「そろそろ嫁入り支度をととのえておかなければな」

伊右衛門がぽつりというと、

「父上――」

八重は顔を赤らめて見返り、

「まだ決まったわけではないんですから、そんな気の早い話を……」

「いや、決まってからでは遅かろう」

伊右衛門はかぶりを振った。

「いまのうちに多少なりとも蓄《たくわ》えておかなければ……」

「お気持ちはありがたいのですが、でも、無理をなさらないでください。婚礼衣裳ぐらいはわたしが自分で何とかしますから」

「おまえに恥をかかせたくないからな。できるかぎりのことはしてやるつもりだ。わしにまかせておいてくれ」

そういうと、伊右衛門は張りおえた傘の束を抱えて立ち上がった。

「お出かけですか？」

「ああ、これを届けてくる」

「お気をつけて」

八重に見送られて、伊右衛門は長屋を出た。

向かった先は、本所横網《よこあみ》町の傘屋『音羽屋《おとわ》』である。

『音羽屋』は創業五十年の歴史を誇る老舗の傘屋で、店構えはさほど大きくはないが、三百坪の敷地に土蔵を二棟所有し、常時二百本の傘を在庫しているという、江戸屈指の傘屋だった。

店頭に並べられた傘の大半は、傘張り浪人たちが持ち込む張り直した中古傘（現代でいうリサイクル商品）で、その種類の多さと値段の安さが庶民の人気になっていた。

「瀬川さま、毎度お世話になっております」

腰を低くして応対に出たのは、四十がらみの小柄な男――『音羽屋』のあるじ・藤兵衛《とうべえ》である。根っからの商人《あきんど》らしく、抜け目のない、したたかな面構えをしている。

「今日は十本だ」

傘の束をドサッと床に置いて、伊右衛門は上がり框《かまち》に腰を下ろした。

藤兵衛は、その一本一本を念入りに品定めし、

「いつもながら、結構な仕上がりで」

と世辞をいいつつ、銭箱から銭を取り出して伊右衛門の前に置いた。

買い取り値は一本三十文、〆《し》めて三百文である。

「一本三十文か。もう少し色をつけてもらえんか」

「傘屋というのは利の薄い商いでございましてね。申しわけございませんが、手前どもとしましては、これが精一杯で――」

「三十五文にはならんか」

「とても、とても」

「音羽屋、わしは金が要るのだ。せめてあと二文でも上乗せしてもらえば助かるのだが」

伊右衛門が懇願すると、藤兵衛はちょっと思案して、

「瀬川さまとは、きのう今日のお付き合いではございませんし、今後のこともございますから……。わかりました。では、三十二文ということで」

銭箱から追加の二十文を取り出して、伊右衛門に手渡した。

「無理をいってすまんな」

一揖《いちゆう》して、立ち去ろうとする伊右衛門を、

「瀬川さま」

藤兵衛が呼び止めた。伊右衛門がゆっくり振り返る。

「立ち入ったことをおうかがいしますが、何か急なご入用でも？」

「いや、別に急ぐ話ではないのだが、娘の婚礼費用をととのえたいと思ってな」

「ほう、お嬢さまのご婚礼費用を……」

「少なくとも二、三十両は要るだろうな。ほかにもっと金になる仕事があればいいのだが……」

「つかぬことをお訊《たず》ねいたしますが」

「ふむ」

「瀬川さま、剣の業前《わざまえ》のほうは……？」

「いささか自信はある」

「ご流派は」

「馬庭念流《まにわねんりゅう》目録だ」

「さようでございますか」

藤兵衛の目が針のように鋭く光った。

「それがどうかしたのか」

「ここだけの話ですが」

あたりに目をくばって、藤兵衛は声を落とした。

「その剣を使って金を稼ぐ方途がございます」

「剣を使って？　まさか人を殺せと……！」

「それ以外に剣の使い道はございますまい」

冷然といい返す藤兵衛の顔を、伊右衛門は険しい目で見返した。

「誰を殺せと申すのだ？」

「誰ということはございませんが……」

藤兵衛は言葉を濁した。

「剣に覚えのあるご浪人さんを探しているお人がおりまして」

「いずれにしても、汚れ仕事だな、それは」

「その代わり金にはなります」

伊右衛門の目が泳いだ。

確かに金は欲しい。だが、金のために汚れ仕事に手を染めるほど落ちぶれてはいない。伊右衛門の心の中で、武士の矜持《きょうじ》と欲心とが激しく葛藤《かっとう》していた。

それを見て取った藤兵衛が、にやりと老獪《ろうかい》な笑みを浮かべて、

「手前は決して強要するつもりはございません。瀬川さまが乗り気でなければ、いまの話はなかったことに……」

「うむ」

複雑な表情でうなずくと、

「請けるからにはそれなりの覚悟がいるからな。しばらく考えさせてもらおう」

いいおいて、伊右衛門は大股《おおまた》に店を出ていった。

横網町から回向院の門前町に出る。

西の空が赤々と夕焼けに染まり、家路を急ぐ人々があわただしげに行き交っている。

大川を吹き渡ってくる川風に身をすくめながら、伊右衛門は足早に両国《りょうごく》橋を渡った。

(早いものだな。あれからもう一年になるか)

伊右衛門の胸にふと苦い感懐《かんかい》が込み上げてきた。

一年前まで、瀬川伊右衛門は越後新発田《しばた》藩、溝口《みぞぐち》五万石の御先手組頭《おさきてくみがしら》をつとめていた。御先手組とは、戦時は急先鋒《きゅうせんぽう》として戦いに臨み、平時は藩主の警護や城門の警備などの任に当たる武官のことをいい、武芸に秀《ひい》でた精鋭の藩士たちがこの職に任じられた。

伊右衛門はその組頭として百五十石の禄《ろく》を食《は》み、城内西之丸下の御組屋敷で、妻の妙《たえ》、娘・八重とともに平穏でつつましやかな日々を送っていた。

そんなある日、伊右衛門は藩主・溝口直温《なおあつ》の警護役として、領内の狩場で行われる追鳥狩《おいとりが》りに扈従《こじゅう》するよう命じられた。

追鳥狩りとは、狩場にあらかじめ雉子《きじ》や鶉《うずら》などの「ふせ鳥」を放しておいて、藩主に馬上から弓で射止めさせるという、きわめて遊戯色の濃い狩りのことをいう。

ところが、その狩りの最中、思わぬ事故が起きた。

藩主・直温が馬から落ちて大怪我を負ってしまったのである。

落馬の原因は、藪《やぶ》陰から急に飛び出してきた野兎《のうさぎ》に、馬が驚いて暴れたことによる不可避的な事故だったが、事態を重く見た藩の重役たちは警護役の伊右衛門に、

「お役目不覚悟」

の責めを負わせ、奉公お構い（懲戒免職）の厳しい処分を下した。

この理不尽な処分によって、士籍を剝奪《はくだつ》され、浪々の身となった伊右衛門は、妻と娘を連れて流浪の旅を重ねた末、

(江戸に行けば仕官の口が見つかるやもしれぬ)

と一縷《いちる》の望みを抱いて、今年の春、江戸の土を踏んだのである。

だが、現実は伊右衛門が考えているほど甘くはなかった。

生き馬の目を抜くという江戸での暮らしは想像以上に過酷で、仕官の口探しどころか、一家三人手内職で口すぎをするのが精一杯だった。

そして三カ月後、伊右衛門の身にさらなる悲劇が襲った。

生来、蒲柳《ほりゅう》の質だった妻の妙が、慣れぬ江戸暮らしの心労のために心ノ臓を患《わずら》い、あっけなくこの世を去ってしまったのである。

(許してくれ、妙)

忸怩《じくじ》たる思いで、伊右衛門は妻の亡骸《なきがら》に手を合わせた。

だが、いつまでも悲嘆に暮れているわけにはいかなかった。

せめて娘の八重だけには人並みの暮らしをさせてやりたい。そう思いながら、
妻の死の翌日から、伊右衛門はなりふり構わず必死に働きつづけた。

その甲斐《かい》あって、ようやく傘張りの手内職にも慣れ、ちかごろは暮らしにも多少の余裕《ゆとり》が出てきた。八重と神崎慎之助の交際がはじまったのも、ちょうどそのころである。

(この良縁が成就《じようじゆ》してくれればよいのだが)

それがいまの伊右衛門の切実な願いだった。

三

船頭の丈吉に〝般若の彫物の男〟の探索を依頼してから五日がたっていたが、いまだに何の連絡もなかった。

〝般若の彫物の男〟は、八右衛門新田の荒れ寺『円蔵寺』を根城にしていた謎の浪人集団の行方を捜す唯一の手がかりである。

その男の素性が割れないかぎり、唐十郎としても手の打ちようがなく、この五日間無聊《ぶりよう》をかこっていたが、さすがにそんな暮らしにも倦《う》んできて、

(ひさしぶりに『ひさご』に行ってみるか)

と陽が落ちるのを待って、ぶらりと家を出た。

『ひさご』は、以前、唐十郎が用心棒をつとめていた浅草元鳥越の小料理屋で、女将《おかみ》のお喜和《きわ》とは何度か肌を合わせた仲だった。

西の空が桔梗《ききよう》色に染まっている。

町のあちこちには、もう明かりが灯りはじめていた。

浅草御門橋を渡り、御蔵前片町《おくらまえかたまち》の路地を左に折れてしばらく行くと、新堀川《しんぼり》に架かる木橋が見えた。長さ二間五尺（約五メートル）、幅一間（約一・八メートル）の小さな橋である。この橋は幽霊橋《ゆうれい》とも呼ばれているが、由来は定かでない。

橋を渡って西へ半丁ほどいったところが、元鳥越町である。

道の両側に飲食を商う店が軒《のき》をつらね、おびただしい明かりを撒《ま》き散らしている。

その一角に小料理屋『ひさご』はあった。間口二間ほどの小体《こてい》な店である。

（おや？）

唐十郎はけげんそうに店の前で足を止めた。

軒灯に灯《ひ》が入っておらず、暖簾《のれん》も出ていない。休みかと思ったが、格子戸の奥にうっすらと明かりがにじんでいるところを見ると、店内には人がいるようだ。

格子戸を引き開けて、中に入った。

「あら、千坂の旦那……」

奥の小座敷《こあがり》に座っていた女が振り向いた。女将のお喜和である。

歳は二十六。化粧映えのする派手な面立《おもだ》ちの女である。ほの暗い行燈《あんどん》の明かりが、その美貌《びぼう》をいっそう引き立たせている。よく見ると、お喜和は黒い喪服《もふく》を着ていた。

「その恰好は？」

「お葬式に行ってきたところなんですよ」

いつになく、沈んだ顔でお喜和がいった。

「誰の葬式だ」

「阿部川《あべかわ》町の薬種《やくしゅ》屋『井筒《いづつ》屋』のご主人。旦那もご存じでしょ？　うちの常連さんだったから」

「ああ、一、二度会ったことがある。確か徳兵衛《とくべえ》といったな。何か重い病でも抱えていたのか？」

その問いに、お喜和はけげんそうな表情を示した。

「旦那、知らないんですか、ゆうべの事件」

「事件？　いや――」

とかぶりを振って、小座敷に上がると、お喜和がすかさず立ち上がり、

「お酒でも呑《の》みながら」

と板場から冷や酒を二本持ってきて、唐十郎に酒を注ぎながら、ぽつりぽつりと語りはじめた。

それによると、昨夜四ツ(午後十時)ごろ、浅草阿部川町の薬種屋『井筒屋』に三人の賊が押し入り、主人の徳兵衛を殺害した上、店の金を奪って逃走したというのである。

不幸中の幸いというべきか、徳兵衛の女房と七つになる息子は、本郷《ほんごう》の実家に帰っていて難を逃れたという。

「ほう、そんな事件があったのか」

「朝から大変な騒ぎだったんですよ」

元鳥越町と阿部川町は、目と鼻の先の距離であり、事件の報はすぐにお喜和の耳にも入ったのである。

「で、賊の目星はまだついていないのか?」

「それなんですけどね」

お喜和が膝《ひざ》を乗り出した。

「御番所のお役人の話によると、徳兵衛さんが殺されていた部屋の壁に、血文字で『霞《かすみ》』と殴り書きがしてあったそうですよ」

「かすみ？」

「十二、三年前に江戸を荒らし廻っていた〝霞の仁兵衛《にへえ》〟一味の仕業《しわざ》じゃないかって、お役人さんはそういってましたけど」

十二、三年前といえば、付木屋の重蔵が〝夜鴉小僧〟を名乗って、江戸で盗《ぬす》っ人働《とばたら》きをしていたころとほぼ重なる。当時、お喜和は十二、三だったので、二人の盗賊のことはよく憶えていた。

「〝霞の仁兵衛〟は上方から流れてきた盗っ人で、手下を二人抱えていたそうです。一方の〝夜鴉小僧〟は関東生まれの一匹狼でしてね。二人とも『盗みはすれど人は殺《あや》めず』を身上にしていたそうで……」

それゆえ、江戸市民から相撲《すもう》番付になぞらえて、

〈西の霞〉

に、

〈東の夜鴉〉

などと呼ばれ、奇妙な人気があったという。

「ところが、それからしばらくして、その二人はまるで申し合わせたように、ほぼ同じころに江戸からぷっつり姿を消してしまったんです」

猪口をかたむけながら、唐十郎は首をかしげた。

「しかし、どうも解《げ》せんな」

「何がですか？」

「十数年前に姿を消した〝霞の仁兵衛〟が、なぜいまごろになって……。しかも『人を殺めず』を身上にしていた男が、押し込み先の主人を殺し、おのれの素性を明かすような血文字をわざわざ残していく。……それがどうも腑《ふ》に落ちんのだ」

「確かに、考えてみれば妙な話ですね」

「それより、お喜和」

唐十郎が思い直すように、

「今夜は店を休むつもりなのか」

「どうしようかと、迷っていたところなんです」

「女将が喪服を着ていたんじゃ、客も寄りつかんだろう」

「着替えるのが、億劫《おっくう》で――」

「おまえさんらしくないな」

唐十郎は苦笑した。

「どうしても頭から離れないんですよ」

「殺された徳兵衛のことか」

「心根のやさしい、いい人でしたからねえ。それに呑みっぷりもよかったし、金払いもよかった。うちにとっても大事なお客さんでしたからねえ……。なんだか気が滅入っちゃって」

嘆息をつきながら、猪口の酒をキュッと呑み干して、

「今夜はお店閉めますから、お酒付き合ってくださいな」

いいながら、お喜和はやるせなげに唐十郎の胸にしなだれかかった。

喪服に包まれた豊満な肢体から、匂うような色気がわき立ってくる。

「酒は憂《うれ》いを払う玉箒《たまばはき》というからな。呑んで忘れることだ」

唐十郎が注いだ酒を、お喜和は立てつづけに数杯呑み干した。

頬がほんのりと薄紅色に染まっている。

「旦那もどうぞ」

お喜和が酌をする。

差しつ差されつ呑んでいるうちに、お喜和の黒い大きな眸《め》がうるんできた。そして放胆《ほうたん》にも唐十郎の股間《こかん》に手を差し伸べ、太股《ふともも》のあたりを撫《な》でながら、

「旦那、ずいぶんとお見かぎりだったじゃないですか」

ささやくように怨《うら》みごとをいった。熱い息が唐十郎の耳朶《じだ》に吹きかかる。

「何かと忙しくてな」

「大黒屋さんのお仕事？」

すくい上げるような目で見た。お喜和は唐十郎が公事宿《くじ》『大黒屋』の裏仕事をしていることを知っている。

「まあな」

唐十郎があいまいにうなずくと、お喜和はふいに唐十郎の首に両手を廻し、

「抱いてくださいな」

狂おしげに頰を寄せてきた。

唐十郎は呑みかけの猪口を盆にもどして、お喜和の口を吸った。

舌と舌とがうねうねとからみ合う。

「ああ、あ……」

絶え入りそうな声を洩らして、お喜和が身をくねらせる。

喪服の下前が乱れて、白い脛《はぎ》があらわになった。

お喜和の口を吸いながら、唐十郎は右手で着物の襟元を押し開いた。

大きく開かれた胸元から、白い豊かな乳房がこぼれ出る。黒い喪服と真っ白い乳房。そのコントラストがえもいわれぬ色気をかもし出している。

唇を合わせながら、唐十郎はお喜和の体を畳の上に横たわらせ、喪服の裳裾《もすそ》をたくし上げた。白繻子《しろじゅす》の二布《ふたの》（腰巻）のあいだから、むっちりと肉《しし》おきのよい太股が露出し、股間がむき出しになる。

はざまに黒い秘毛がみっしりと茂っている。むせるように女が匂った。

唐十郎の指先が秘毛の茂みを分け入り、切れ込みに触れた。肉襞《にくひだ》がしとどに濡《ぬ》れそぼっている。

「だ、旦那、早く……」

唐十郎の首にすがりつきながら、お喜和がうわ言のように口走る。

黒い喪服が乱れに乱れ、お喜和はもうほとんど半裸の状態である。

唐十郎はおのれの股間に右手を伸ばし、もどかしげに下帯をはずした。怒張した一物が発条《ばね》のようにはじけ出る。それを指でつまみ、尖端をお喜和の秘所にあてがうと、切れ込みに沿ってゆっくりこすりつける。そして一気に挿入した。

「あぁッ」

悲鳴のような声が、お喜和の口から洩れた。一物が深々と埋没している。

唐十郎の腰が激しく律動する。

「あ、ああ、だめ……、だめ……」

白目を剝《む》きながら、お喜和が狂悶《きょうもん》する。

島田髷《まげ》がくずれ、畳の上に黒髪が乱れ散った。大きくはだけた襟元から、たわわな乳房が露出し、ゆさゆさと揺れている。

「あ、い、いく。……いきます」

お喜和が昇りつめてゆく。唐十郎の一物を包み込んだ肉襞が、烈《はげ》しく収縮と弛《し》緩《かん》を繰り返す。そのつど下腹から激烈な快感が突き上げてくる。

唐十郎も限界に達していた。

「いかん！」

口走るなり、唐十郎はぐっと腰を引いて一物を引き抜いた。

同時に白濁した淫液が泡沫となって飛び散った。

お喜和は大きく脚を広げたまま、虚脱したように仰臥《ぎょうが》している。

それをちらりと横目で見ながら、唐十郎は手早く身づくろいをし、何事もなかったように盆の前に座り直して、猪口をかたむけはじめた。

四

それから三日後――。

ふたたび江戸を震駭《しんがい》させる事件が起きた。

〝霞の仁兵衛〟一味がふたたび荒仕事をやってのけたのである。

襲われたのは京橋弓町《きょうばしゆみ》の瀬戸物屋『近江屋《おうみ》』だった。

一味は、『近江屋』の老夫婦と住み込みの奉公人一人を殺害して二十両の金を奪い、『井筒屋』事件と同じように、居間の襖《ふすま》に〝霞〟の血文字を書き残して逃げたという。

だが、事件はそれだけでは終わらなかった。

町奉行所の必死の探索をあざ笑うかのように、その後も〝霞の仁兵衛〟一味は、江戸の各所で凶悪な犯行を重ねていったのである。

わずか六日余のあいだに、一味が押し込んだ商家は五軒、被害者八人、奪われた金の総額は三百両に上った。その手口のあまりの残酷さに、

〈無慈悲《むじひ》、没義道《もぎどう》、神仏をも恐れぬ所業〉

〈『霞の仁兵衛』は極悪非道の鬼畜と化した〉

瓦版《かわらばん》にはそんな文字が躍《おど》り、江戸市民は恐怖のどん底に叩き落とされた。

そんなある日の午後、神田多町の千坂唐十郎の家に、『稲葉屋』の重蔵がひょっこり姿を現した。

「旦那、これを見やしたか」

と差し出したのは、例の瓦版である。唐十郎はちらりと瓦版の見出しに目をやり、

「瓦版は見てねえが、江戸じゅうがその話で持ちきりだ。嫌でも耳に入ってくるさ」

「旦那」

重蔵が団栗《どんぐり》のような目をきらりと光らせ、

「こいつは〝霞〟の仕業《やま》じゃありやせんぜ」

きっぱりといい切った。

「なぜ、そういい切れるんだ？」

「あっしは二度ばかり〝霞〟に会ったことがあるんで」

重蔵が〝夜鴉小僧〟の異名で盗っ人稼業をしていたころの話である。

当時、本芝《ほんしば》一丁目の雑魚場《ざこば》に「盗っ人宿」と呼ばれる居酒屋を兼ねた木賃宿《きちんやど》があり、事情《わけ》あり者や流れ者、入れ墨者（前科者）、お尋ね者などの溜《た》まり場になっていた。

重蔵はその宿で〝霞の仁兵衛〟と出会ったのである。

「あっしより、二つ三つ年上の義侠《ぎきょう》肌の男でしてね。盗っ人宿にたむろする破落戸《ごろつき》どもからも一目置かれておりやした。あっしの知るかぎり、〝霞〟は人殺しをするような男じゃねえし、実際、一度も人を殺めたことはねえんですよ」

重蔵は語気を強めて力説した。

「おれもそのことが気になっていたのだが……」

あごの不精《ぶしょう》ひげをぞろりと撫でながら、唐十郎が、

「しかし重蔵、歳月は人を変えるというからな。ふとしたきっかけで鬼が仏《ほとけ》になることもあれば、仏が鬼になることもある。この十余年のあいだに〝霞の仁兵衛〟も人変わりしちまったのかもしれねえぜ」

「いや、それはねえでしょう」

重蔵は言下に否定した。

「何者かが〝霞の仁兵衛〟の名を騙《かた》ってるんじゃねえかと、あっしはそう見てるんですが」

「なるほど――」

そのとき、ふと唐十郎の脳裏《のうり》に疑念がよぎった。

重蔵がそのことをわざわざ自分に伝えにきた意図が読めなかった。

ひょっとしたら『大黒屋』宗兵衛から事件の調べを頼まれたのかもしれぬ。そう思って訊いて見ると、重蔵はちょっと照れるような笑みを浮かべて、

「〝霞〟って男は世間でいわれてるような極悪人じゃねえってことを、旦那にだけは知っておいてもらいてえと思いやしてね。ただそれだけのことでござんすよ」

「十二、三年前に足を洗ったと聞いたが」

「へい。雑魚場の盗っ人宿で最後に会ったとき、〝霞〟はこんなことをいっておりやした。間夫《まぶ》と盗っ人は引けどきが肝心だと……。それからほどなくして江戸から姿を消しやした」

「重蔵」

唐十郎が鋭い目で見返した。

「もしかして、おまえ、やつの居所を知ってるんじゃねえのか」

「いえ」

重蔵は強くかぶりを振り、

「〝霞〟にはもう十数年会っておりやせん。ただ……」

「ただ？」

「内藤新宿《ないとうしんじゅく》にいるらしいって噂は耳にしたことがありやす」

「内藤新宿か」

「あくまでも噂に過ぎやせんが」

「………」

唐十郎は腕組みをして沈思《ちんし》したが、やがてゆっくりと顔を上げ、

「なあ、重蔵」

「へい」

「仁兵衛の居所を捜し出して、直《じか》に本人に聞いてみたらどうだ？」

「直に……、ねえ」

「ひょっとしたら、仁兵衛の名を騙ってるやつの手がかりがつかめるかもしれねえぜ」

「わかりやした。心当たりを捜してみやしょう。おくつろぎのところ、お邪魔しちまって申しわけございやせん」

ぺこりと頭を下げて、重蔵はそそくさと出ていった。

江戸四宿《ししゆく》（品川《しながわ》・千住《せんじゆ》・板橋《いたばし》・内藤新宿）の一つ内藤新宿は、信州高遠《たかとお》藩・内藤丹後守《たんごのかみ》の屋敷内にあった地で、現在の新宿御苑《ぎょえん》をふくむ広大な敷地の一部を、幕府が宿駅を開設するときに上地《あげち》したところから、宿場の名の由来になった。

ここに宿場が置かれたのは元禄十一年（一六九八）のことである。

その後、幕府は助郷《すけごう》の費用を捻出《ねんしゅつ》するために飯盛旅籠《めしもりはたご》を黙許した。

飯盛旅籠とは、俗に飯盛女と呼ばれる私娼を抱えた売色宿のことである。

それによって宿場は繁栄の一途をたどり、やがて品川宿と比肩《ひけん》しうるほどの遊里として殷賑《いんしん》をきわめるようになったのだが、もともとこの地には伝馬人足や荷駄人足が多く住んでいたため気風が荒く、

〈内藤新宿　馬の糞《くそ》　中に菖蒲《あやめ》咲くとはしおらしや〉

と戯《ざ》れ唄で揶揄《やゆ》されるように、粗野で猥雑《わいざつ》な遊所として知られていた。

その猥雑な人混みの中に、菅笠《すげがさ》をかぶり、焦げ茶の半纏《はんてん》をまとったずんぐりし

た男の姿があった。『稲葉屋』の重蔵である。

まだ陽が高いというのに、通りの両側にずらりと軒をつらねる飯盛旅籠の中から、三味《しゃみ》太鼓の音や女たちの嬌声《きょうせい》、下卑《げび》た男の哄笑《こうしょう》がひびいてくる。

泊まらせい　泊まらせい　座敷もきれい　相宿《あいやど》もござらん
泊まらせい　泊まらせい　お風呂もわいてる　お酒もついてる
お寝間《ねま》のお伽《とぎ》は　安くする
井の字絣《がすり》の真っ赤な前掛けをかけた留女《とめおんな》たちが、甲高《かんだか》い呼び声を張り上げながら、道行く旅人の袖を引いている。重蔵にも二人の留女が寄ってきて、

「旦那、お泊まりなら、うちへどうぞ」

「いい妓《こ》がいますから」

と執拗《しつよう》に袖を引いたが、その手を振り切るようにして飯盛旅籠の前を通過すると、重蔵は人混みを縫うようにして次の角を右に曲がった。

板葺《ぶ》き屋根の小家がひしめく、どぶ臭い路地である。

表通りの賑《にぎ》わいが嘘《うそ》のように、ひっそりと静まり返っている。

その路地の奥まったところに、山茶花《さざんか》の垣根をめぐらした小さな一軒家があった。

「ごめんなすって」

障子戸を引き開けて土間に立つと、奥の板間で虫籠《むしかご》を編んでいた白髪《しらが》頭の小柄な男が顔を上げて、警戒するような目で重蔵を見返った。

「どちらさまで？」

「ひさしぶりでござんすね。霞の親分」

いいながら、重蔵は菅笠をはずした。

「おめえさんは……！」

男が瞠目《どうもく》した。〝霞の仁兵衛〟である。

「あっしの顔を憶えておりやすかい？」

「ああ、忘れちゃいねえとも、夜鴉の。……けど、おめえさん、どうしてここがわかった？」

「蛇《じゃ》の道は蛇《へび》でさ」

「ふふふ……」

仁兵衛の顔に薄笑いが浮かんだ。

「あいかわらずの勘働きだな」

「捜すのに少々手間はかかりやしたがね」

「ま、見たとおりの、むさ苦しいところだが、遠慮なく上がってくんな」

「じゃ、お言葉に甘えて」

重蔵が草鞋《わらじ》を脱いで板間に上がると、仁兵衛は長火鉢の鉄瓶《てつびん》の湯を急須《きゅうす》に注いで、茶を淹れながら、

「他人《ひと》のことはいえねえが……」

と、しみじみと重蔵の顔を見ていった。

「おめえさんもすっかり歳を取りなすったな」

「あれから、もう十年以上もたちやすからねえ」

「いまはどうしてるんだい？」

「足を洗って日本橋の馬喰町で付木屋《つけぎ》をやっておりやす」

「ほう、付木屋をねえ」

茶をすすりながら、重蔵は部屋の中を見廻した。あちこちに編み上がった虫籠や竹ひごの束が蕪雑《ぶざつ》に積み上げられている。

「虫籠作りを生業《なりわい》にしてるんですかい？」

「一応、売り物にはしてるんだが、大した金にはならねえ。やもめ暮らしのほんの手すさびよ」

「やもめ暮らし、てえと……？」

「長年連れ添った女房と二年前に死に別れてな。それ以来ずっとひとり暮らしだ」

「それはお寂しゅうござんすね」

「ところで、夜鴉の」

仁兵衛の細い目がきらりと光った。

「おれに何か用があったんじゃねえのかい？」

「へえ」

うなずいて、飲みほした湯飲みを板敷きに置くと、重蔵はおもむろにふところから例の瓦版を取り出して、仁兵衛の前に差し出した。

「この事件《やま》はご存じで？」

「………」

別に驚くふうもなく、仁兵衛はじっと瓦版に視線を落とし、

「知ってるさ。この宿場でも話題になってる」

「親分の名を騙った偽物だってことは、あっしにもわかっておりやすよ」

「そういってくれるのは、おめえさんだけだ」

仁兵衛はほろ苦く笑った。

「親分に聞けば、その偽物に何か心当たりがあるんじゃねえかと思いやしてね」

「それでわざわざ訪ねてきなすったのかい」

「へえ」

一瞬の沈黙のあと、急須に湯を注ぎながら、仁兵衛が、

「大方の見当はついてるぜ、夜鴉の」

ぽつりといった。

「何者なんですかい？」

「昔の手下だ」

「手下？」

「おれに二人の子分がいたことは、おめえさんも知ってるはずだが」

「へえ。確か一人は為三《ためぞう》、もう一人は富五郎《とみごろう》っていいやしたね」

「為三のほうは郷里《くに》の遠州《えんしゅう》浜松《はままつ》に帰って所帯を持ったそうだが、富五郎の消息だけはいまだにわからねえ」

「すると、その富五郎が……！」

「昔からやつとは折り合いが悪くてな。しまいには金の分け前をめぐって大喧嘩《おおげんか》

になった。さすがにおれも堪忍袋の緒が切れて、野郎の左腕をへし折ってやったさ」

「へえ。そんないきさつがあったんですかい」

「それっきり富五郎とはおさらばだ。この十二年、どこで何をしてたのかわからねえが……、夜鴉の、あれは野郎の仕業に間違いねえぜ」

「十二年も前のことを、いまだに怨んでるってわけですかい」

「あいつは執念深い男だからな。おれの名を騙って濡れ衣《ぎぬ》を着せるつもりなのか、それともただの面当《つらあ》てなのか。……実をいうと、おれも内心びくついてるんだ。いずれここにも探索の手が伸びるんじゃねえかとな」

「町方が躍起《やっき》になって〝霞の仁兵衛〟を追っかけてやすからねえ」

「かといって、おれももう歳だ。昔のように身軽に動ける体じゃねえし、いまさらここを離れるわけにもいかねえ」

うめくようにそういって、仁兵衛は大きくため息をついた。深いしわを刻んだその顔には老いの影がにじんでいる。十余年前、江戸の闇《やみ》に跳梁跋扈《ちょうりょうばっこ》し、町奉行所の探索方をきりきり舞いさせた盗賊の面影は、もはや微塵《みじん》もなかった。

「親分」

茶を飲み干して、重蔵は居住まいを正した。

「野郎のことは、あっしにまかせておくんなさい」

「え?」

「このままやつを放っといたら、親分の身にも災難がおよぶし、第一、世の中のためにならねえ。草の根分けても野郎を捜し出して、あっしが始末いたしやすよ」

「夜鴉の……」

感きわまったような表情で、仁兵衛は重蔵の顔を凝視した。

五

「旦那ァ!」

千坂唐十郎が家を出ようとしたところへ、小躍りするように飛び込んできたのは、船頭の丈吉だった。

「おう、丈吉か」

「お出かけですかい?」

「近くで夕飯でも食おうと思ってな。……何かわかったのか？」

「へい。十軒目の湯屋で、ようやく当たりがありやしたよ」

「そうか」

履きかけた雪駄《せった》を脱いでふたたび廊下に上がり、丈吉を居間に通した。

「深川桶川《おけかわ》町の『亀《かめ》の湯』って湯屋なんですがね」

腰を下ろすなり、丈吉が急《せ》き込むようにいった。

「番台の親爺の話によると、二日にいっぺんぐらい〝般若の彫物〟の男が湯を浴びにくるそうで」

「で、そいつの素性は？」

「永堀《ながほり》町の長屋に住んでる粂三《くめぞう》って船人足だそうです」

「その長屋はわかっているのか」

「抜かりはありやせん。『新兵衛店《しんべえだな》』って裏長屋で」

「よし。そいつを絞り上げてみよう。案内してくれ」

「合点」

神田多町の家を出た二人は、昌平《しょうへい》橋の南詰にある船着場に向かった。

そこで丈吉の猪牙舟《ちょきぶね》に乗り込み、神田川を下って大川に出た。

薄い夕闇が大川端の景色を淡く染め上げ、墨絵のような風情《ふぜい》をかもし出している。

どこかで百舌《もず》がけたたましく鳴いている。

風もなく、おだやかな秋の夕暮れである。

新大橋をくぐったところで、丈吉の猪牙舟は舳先《へさき》をぐいと左に向け、深川仙台《せんだい》堀《ぼり》に入っていった。

舟提灯《ふなちょうちん》を灯《とも》した屋根舟や猪牙舟がひっきりなしに行き交っている。

「混んでるな」

「ちょうど仙台堀が混む時刻でしてねえ」

丈吉はたくみに櫓《ろ》を操りながら、縫うように舟を進めた。

行き交う舟のほとんどは、深川の芸者衆や茶屋女、女郎たちが馴染《なじ》みの客を船宿まで送り迎えするための、俗にいう送り舟、迎え舟である。あちこちの舟の中から、

　送りましょうか
　送られましょか
　せめてあの家《や》の岸までも

と「佃《つくだ》さわぎ」を唄う女たちの賑やかな声がひびいてくる。

その混雑を抜けて、さらに東に舟を進めると、前方右手に橋が見えた。相生橋《あいおいばし》である。

橋の手前の船着場に舟を着けて、二人は岸に上がった。

相生橋の西詰から、仙台堀に沿って西に広がる町屋が深川永堀町である。

「あの路地です」

先を行く丈吉が、細い路地へ足を踏み入れた。

路地の両側には、軒の低い陋屋《ろうおく》がひしめくように建ち並んでいる。

『新兵衛店』はその路地のどんづまりにあった。

四軒つづきの棟割り長屋である。

二人が長屋木戸をくぐろうとしたとき、路地の奥から小肥りの中年女が出てきた。湯屋に行くらしく、右手に湯桶を抱えている。

「ちょいと訊ねるが」

丈吉が女を呼び止めて、

「粂三さんの家はどこだい？」

と訊くと、女は二人を怪しむふうもなく、

「一番手前の家です。けど、粂三さんはおりませんよ」

「いない？」

「ついさっき帰ってきたんですがね。風呂敷包みを抱えてまた出て行きましたよ」

「どこに行ったか、心当たりはねえかい？」

「さァ、ひどくあわてた様子で出て行きましたから、何か急な用事でもできたんじゃないでしょうか」

そういうと、女はぺこりと頭を下げて足早に立ち去った。

「丈吉」

唐十郎はあごをしゃくって丈吉をうながし、粂三の家の戸口に歩み寄った。

明かりもなく、ひっそりと静まり返っている。

腰高障子を引き開けて三和土に立ったが、暗くて中の様子はわからない。

丈吉が部屋に上がり込み、行燈に灯を入れた。

六畳と四畳半の二間つづきである。敷きっぱなしの煎餅布団《せんべいぶとん》のほかに、これといった家財道具もなく、畳の上に散乱した空の徳利や欠けた茶碗《ちゃわん》、汚れのこびりついた皿小鉢などが、男の自堕落な暮らしぶりを物語っている。

奥の四畳半の部屋に小さな柳行李《やなぎごうり》があった。蓋《ふた》が開けられたままになっている。

「どうやら、ずらかったようだな」

空の柳行李を見て、唐十郎がつぶやくようにいった。

「ずらかった？」

「柳行李の中身が消えている。身のまわりの品だけを持って出て行ったようだ。もう、ここにはもどってこねえだろう」

「てえことは……！」

「勘づかれたようだな」

「まさか」

と息を飲み、

「聞き込みには、十分気を使ったつもりですが……」

悄然《しょうぜん》と肩を落とす丈吉に、

「わかってるさ」

唐十郎は慰撫《いぶ》するようにいって腰を上げた。

「人の口に戸は立てられぬというからな。おまえが聞き込みに歩いてることが噂になったんだろう」

「…………」

「ま、粂三の身元が割れただけでも上出来だ。丈吉、行くぜ」

意気消沈している丈吉の肩をポンと叩いて、唐十郎は長屋を出た。

第三章　押し込み

一

深川佐賀《さが》町は、寛永《かんえい》年間に埋め立てられた土地で、開発当初は猟師《りょうし》町の名で呼ばれていたが、元禄八年（一六九五）の検地のさい、この町が肥前《ひぜん》の佐賀港に似ていたところから佐賀町に改められ、町奉行の支配下に置かれた。

町の西側は大川に面し、川船の回漕《かいそう》問屋や川魚料理屋や船宿、漁師の家などが軒《のき》をつらね、蛤《はまぐり》や浅蜊《あさり》、蜆《しじみ》などの貝類を名産としている。

その一角に『鳴海屋《なるみや》』の看板をかかげる川船の回漕問屋があった。間口四間（約七メートル）ほどの店構えで、この界隈《かいわい》では比較的規模の小さな回漕問屋である。

町が寝静まった五ツ（午後八時）ごろ……。

『鳴海屋』の店先に一人の男がうっそりと姿を現した。月代《さかやき》が茫々《ぼうぼう》と伸び、色あせた紺《こん》の半纏《はんてん》に薄鼠《うすねず》色の股引《ももひ》き、手には風呂敷包みを下げている。船人足の粂三だった。

あたりの闇《やみ》に鋭い目を配ると、粂三は素早く『鳴海屋』のくぐり戸を押し開けて、店の中に姿を消した。

「夜分、恐れいりやす」

薄暗い土間に立って奥に声をかけると、ほどなく廊下の奥にほのかな明かりが差し、手燭《てしょく》を持った男が出てきた。歳は四十前後、赤ら顔に太い眉《まゆ》、達磨《だるま》のようなぎょろ目に大きな鼻。獅子頭《ししがしら》のような面貌《めんぼう》のこの男が、『鳴海屋』のあるじ・惣五郎《そうごろう》である。

「おう、粂三か、どうしたんだい？　こんな時分に」

上がり框《かまち》の上から、惣五郎がいぶかる目で粂三を見下ろした。

「実は……」

と気まずそうに蓬髪《ほうはつ》をかき上げながら、

「どこのどいつかわからねえが、あっしのことを捜し廻ってる野郎がいるそうで」

「おめえを捜し廻ってる？」

惣五郎の目にぎらりと剣呑《けんのん》な光がよぎった。

「まさか町方じゃねえだろうな」

「さァ」

と条三は小首をかしげ、

「町方に尻尾《しっぽ》をつかまれるようなドジを踏んだ覚えはねえんですがね。万一のことを考えて長屋を引き払ってきやした」

「そうかい」

「ほとぼりが冷めるまで、しばらく江戸を離れようかと思いやしてね」

「どこへ行くつもりだ？」

「あっしの郷里《くに》は下野《しもつけ》小山《おやま》の在なんで。しばらくそのあたりに身を隠そうかと思っておりやす」

「うむ。それがいいかもしれねえな」

「ついては、路銀を少々用立ててもらえねえかと」

「いくらいるんだい」

「三両ばかり」

「わかった」

渡した。

鷹揚《おうよう》にうなずき、惣五郎はふところから財布を取り出して、粂三に小判三枚を
「道中気をつけるんだぜ」

「へい。ありがとうござんす。では、ごめんなすって」

一礼して出て行く粂三の背中に、惣五郎の鋭い視線が突き刺さった。


『鳴海屋』を出た粂三は、大川端沿いの道を北に向かって足早に歩いていた。

上流の両国橋を渡り、浅草御蔵前を抜けて千住に向かい、今夜は千住掃部宿《かもんじゆく》の飯盛旅籠《めしもりはたご》に泊まるつもりである。ふところには惣五郎からもらった三両の金がある。

(ひさしぶりに羽根が伸ばせるぜ)

にんまりとほくそ笑みながら、中之堀《なかのほり》に架かる中ノ橋《なかのはし》を渡りかけたときである。

背後にひたひたと迫る足音を聞いて、粂三はけげんそうに振り返った。

三つの影が小走りにやってくる。

近づいてきた三つの影は、『鳴海屋』の小頭・卯三郎《うさぶろう》と人足の又八《またはち》、駒次《こまじ》だっ

た。

いずれも色が浅黒く、一癖《くせ》も二癖もありそうな面構《つらがま》えをしている。

「やァ、小頭──」

「旦那から聞いたぜ。江戸を出るそうだな」

小頭の卯三郎がいった。

「へえ。あっしに何か御用で？」

「餞別《せんべつ》を渡そうと思ってな」

「餞別？　いえ、いえ、そんなお気遣いは──」

「なに、遠慮にはおよばねえさ」

ふところに手を入れながら、卯三郎が歩み寄り、

「餞別ってのは、これよ」

と引き抜いたのは、匕首《あいくち》だった。粂三の顔が凍りついた。

「な、何の真似《まね》だい！　そりゃ」

「おめえに生きてられると、何かと都合が悪いんでな」

「ち、ちくしょう！」

わめきながら身をひるがえそうとした瞬間、卯三郎の匕首が鈍《にぶ》い音を立てて粂

三の脇腹に突き刺さった。

「うっ」

と、よろめいたところへ、又八がすかさず逆手《さかて》にぎりの匕首を、粂三の喉頸《のどくび》めがけて奔《はし》らせる。おびただしい血を撒《ま》き散らしながら、粂三は声も叫びもなく地面に倒れ伏した。卯三郎は匕首を鞘《さや》に納めると、死体のふところから三両の金子《きんす》を抜き取り、

「片づけろ」

と又八と駒次に命じた。二人は粂三の死体を中ノ橋まで引きずって行き、橋の上から中之堀に投げ込んでもどってきた。

「行くぜ」

二人をうながして、卯三郎はひらりと翻身《ほんしん》し、闇の深みに走り去った。

それから須臾《しゅゆ》(十二、三分)ののち……、

『鳴海屋』の奥座敷に三人の姿があった。

「仕留めてめえりやした」

と卯三郎が三両の金を惣五郎の前に差し出す。

「ご苦労だった。その金はおめえたちにくれてやる。とっときな」

「へえ。じゃ遠慮なく」

それぞれ一両ずつつかみ取ってふところにねじ込む。

「ところで、卯三郎」

惣五郎がぎょろ目をぎらりと光らせて、

「おめえたちに、もうひと働きしてもらいてえんだが」

といった。卯三郎は瞬時にその言葉の意味を理解したようである。

「例のおつとめですかい？」

「ああ、いよいよ最後の仕上げだ」

そういって、惣五郎は手文庫から折り畳んだ紙を取り出し、卯三郎に手渡した。

それには簡略な地図が描かれ、図面の一部に朱筆で×印が書き込まれていた。

「わかりやした」

その紙を折り畳んで惣五郎に差し返すと、

「じゃ、さっそく今夜にでも」

卯三郎は又八と駒次をうながして部屋を出ていった。

それから二刻（四時間）後の子《ね》ノ刻（午前零時）……。

『鳴海屋』の裏木戸がかすかなきしみを発して開き、三つの黒影が音もなく飛び出してきた。黒の筒袖《つつそで》に黒の股引き、黒足袋《たび》に草鞋《わらじ》ばきという、全身黒ずくめの卯三郎、又八、駒次である。

三人は風のように路地を走り抜けて、大川端の船溜《だ》まりに向かい、『鳴海屋』所有の猪牙舟《ちょきぶね》に乗り込んだ。

その舟には櫓《ろ》が三挺《ちょう》ついていた。いわゆる三挺立ちの快速船である。吉原通いの放蕩《どら》息子が寸刻を争ってこの舟を利用したので、「勘当舟《かんどう》」などとも呼ばれている。

三人が乗り込んだ三挺立ちの猪牙舟は、矢のような速さで大川を遡行《そこう》、さらに神田川をさかのぼり、昌平橋の北詰の船着場にすべり込んだ。

舟を下りた三人は土手道を駆け登り、橋のたもとから北に真っ直ぐ延びる道をひた走りに走った。

道の両側には小身旗本の屋敷や下級武士の組屋敷が建ち並んでいる。

人影はおろか、犬猫一匹通らぬ、閑寂な武家屋敷街である。

やがて道は直角に右に折れ、広い通りに突き当たった。

下谷広小路である。

　この通りは明暦《めいれき》三年（一六五七）一月の大火——世にいう「振袖火事《ふりそでかじ》」ののちに、火除《ひよ》けのために拡張された大通りで、将軍が寛永寺《かんえいじ》墓参のさいに通ることから、一名「御成《おなり》街道」の称もあった。当時の地誌に、

「下谷広小路は、四季とも菅凧《すがだこ》の烏《からす》（露天で売っている烏凧が有名）むれて、左には蓬莱《ほうらい》の酒楼《しゆろう》、無極《むきよく》の切蕎麦《きりそば》、右は翁屋《おきなや》の酒肴《しゆこう》、金沢《かなざわ》の菓子屋」

　とあるように、広小路の両側には種々の店が並び、昼間は買い物客や遊山《ゆさん》客、参詣《さんけい》人などで大いに賑《にぎ》わうが、さすがにこの時刻になると町筋には一穂《いっすい》の明かりもなく、家並みは深い闇の底に沈んで、ひっそりと寝静まっている。

　広小路を北に向かうと、不忍池《しのばずのいけ》から流れる忍川《しのぶがわ》に三つの橋が並んで架かっている。

　橋の長さは三つとも三間余（約五・四メートル）だが、将軍お成りのさいに使われる中央の橋だけが幅六間（約十一メートル）と広く、左右の橋の幅は二間（約三・六メートル）しかない。

　橋の名は三つの橋にちなんで「三橋《みはし》」といい、「御橋」とも書いた。

　その三橋の南詰には、通りをはさんで左右に元黒門《もとくろもん》町がある。

　先を走っていた卯三郎が、『生駒屋』の看板をかかげた店の前で足を止め、

（ここだ）

と目顔で又八と駒次をうながした。戸が固く閉ざされ、洩《も》れてくる灯《ひ》もない。

『生駒屋』は寛永寺が創建されたころから寺御用の菓子司《つかさ》をつとめる老舗《しにせ》で、練《ねり》羊羹《ようかん》が有名な店である。

三人は路地に飛び込み、『生駒屋』の裏手に廻った。

敷地は板塀《いたべい》で囲まれている。

三人は黒布を取り出して素早く面をおおい、高さ六尺余の板塀を軽々と乗り越えて裏庭に侵入した。

又八と駒次が母屋《おもや》に忍び寄り、慣れた手つきで雨戸をはずす。

三人は土足のまま廊下に上がり込み、奥の部屋に突き進んだ。

卯三郎ががらりと襖《ふすま》を開け放つ。

「きゃーッ」

と悲鳴を上げて飛び起きたのは、『生駒屋』の一人娘・お絹《きぬ》だった。

三人がいっせいに匕首を抜き放った。

「ど、どろぼう！」

叫びながら逃げ出そうとするお絹の背中に、卯三郎の匕首がぐさっと突き刺さる。

「あっ」

と、のけぞったところへ、さらに突きかかった。めった刺しである。

血が噴き飛び、部屋の中はたちたまち血の海と化した。

「お嬢さま！」

廊下の奥から、二人の奉公人が飛び出してきた。又八と駒次が猛然と切りかかる。一人が胸を突かれ、もう一人は頸をかき切られて崩れ落ちた。

二人の死骸《しがい》を踏み越えて、三人はさらに奥に突き進んだ。

寝間から飛び出してきた主人の清兵衛《せいべえ》と内儀のおかねが、三人の賊に気づき、

「だ、誰か、誰か、助けておくれッ」

叫びながら居間に逃げ込んだ。

それを追って、三人の賊は血に飢えた狼のように容赦なく襲いかかる。

匕首を脇構えにした又八が、逃げまどう清兵衛に体ごとぶつかっていった。

「わッ」

胸を一突きにされて、清兵衛が仰向《あおむ》けに倒れた。

「おまえさん！」

駆け寄ろうとするおかねの背中を、卯三郎の匕首がつらぬいた。

おかねは苦悶《くもん》の表情で虚空《こくう》をかきむしりながら、清兵衛の死体の上に折り重なるように倒れ伏した。二人の死体から流れ出た大量の血が畳の上に血溜まりを作っている。

卯三郎はふところから手拭《てぬぐ》いを取り出して棒状にねじると、尖端を血溜まりにひたし、それを筆の穂先《ほさき》のように使って部屋の襖に、

〈霞《かすみ》〉

の一字を殴り書きにした。そのあいだに又八と駒次は部屋の中を物色している。

やがて手文庫の中や簞笥《たんす》の抽出《ひきだし》から三十余両の金をかき集めると、三人は疾風のように部屋を飛び出していった。

二

玄関に人の気配を感じて、千坂唐十郎はゆったりと腰を上げた。

廊下に出ると、三和土《たたき》に若い女が、青ざめた顔で悄然《しょうぜん》と立っていた。

「お仙――」

丈吉の妹・お仙だった。黄八丈《きはちじょう》の着物に黒繻子《くろじゅす》の帯、顔には薄化粧をほどこしている。

「どうした？　顔色が悪いぞ」

「旦那《だんな》に、ちょっとお話が……」

伏し目がちにお仙がいった。顔色ばかりか、声にも力がない。

「ま、上がりなさい」

お仙をうながして、居間にもどった。

「何かあったのか？」

「ゆうべ……、下谷広小路の『生駒屋』さんに賊が押し入って……、ご主人夫婦と娘さん、それに住み込みの菓子職人二人が皆殺しにされたんです」

「皆殺し！」

唐十郎は瞠目《どうもく》した。と同時に脳裏《のうり》をよぎったのは、一連の押し込み事件だった。

「〝霞の仁兵衛〟の仕業《しわざ》か」

「町方のお役人さんは、そういってました」

「しかし、なぜ、おまえがその事件を……？」

「あたし、『生駒屋』さんの手伝いをしていたんです」

「そうか」

得心がいったように、唐十郎はうなずいた。

「丈吉からその話は聞いた。『生駒屋』の娘から頼まれたそうだな」

「ええ、あたしと同《おな》い年で、お絹さんていうんですけど……」

お仙がお絹と知り合ったのは、つい三月《みつき》ほど前のことだった。

日本橋南詰の人混みの中で、巾着切り《きんちやく》（掏摸《すり》）がお絹の財布を掏り取ろうとしたところを、たまたま近くを通りかかったお仙が目撃し、巾着切りから財布を取り返してやったのがきっかけで親しく付き合うようになったという。

事情を知らぬ者がこの武勇伝を聞いたら、

（娘だてらに巾着切りと渡り合うとは……）

と思うだろうが、実はこのお仙、つい数カ月前まで〝洲走《すばし》りのお仙〟の異名を取る、名うての女掏摸だったのである。件《くだん》の巾着切りが尻尾を巻くのも道理といえよう。

現在、お仙は掏摸稼業から足を洗って、兄の丈吉とともに唐十郎の手先をつとめているが、ここしばらく唐十郎からの仕事がなかったので、お絹に頼まれるまま『生駒屋』の手伝いをしていたのである。

この日の朝も、お仙は五ツ半（午前九時）に神田佐久間《さくま》町の長屋を出て、下谷広小路の『生駒屋』に向かった。

『生駒屋』が店を開けるのは、朝四ツ（午前十時）ごろである。

ところが……、
今朝にかぎって店の大戸は閉ざされたままになっていた。不審に思い、戸の外から何度か声をかけてみたが、一向に応答がないので、お仙は勝手口から中に入り、

「おはようございます。おはようございます」

と再度、奥に声をかけてみた。だが、やはり応答はなかった。

（何かあったのかしら？）

胸騒ぎを覚えながら、帳場のわきから廊下に上がり、奥の部屋に向かおうとした瞬間、

「きゃッ！」

お仙は悲鳴を上げて立ちすくんだ。廊下の奥にどす黒い血溜まりがあり、その

中に菓子職人が二人、無惨な姿で倒れていた。

お仙ははじけるように店を飛び出して、近くの自身番屋に駆け込んだ。お仙から話を聞いた番太郎が南町奉行所に走り、ほどなく定町廻《じょうまちまわ》り同心二名が小者七人を引き連れて『生駒屋』に飛んできた。

「町方のお役人が、おまえさんにも立ち会ってもらいたいといってるんだが」

番太郎にそういわれて、お仙がふたたび『生駒屋』にとって返すと、定町廻り同心の一人が待ち受けていて、

「こっちにきてくれ」

と奥の寝間に連れて行かれた。

そこでお仙が見たものは、目をそむけたくなるような惨烈《さんれつ》な光景だった。

どっぷり血を吸い込んだ畳の上に、血まみれの清兵衛とおかねが折り重なるように倒れていた。二人とも寝巻姿のままである。どうやら寝込みを襲われたらしい。

「『生駒屋』のあるじ夫婦だな」

「……………」

衝撃のあまり声が出ない。うなずくのが精一杯だった。

「あれを見ろ」

同心が一方を指さした。寝間の襖に『霞』の血文字が殴り書きされている。

「〝霞の仁兵衛〟一味の仕業に相違あるまい」

「…………」

お仙が声もなく立ちすくんでいると、そこへ別の同心がやってきて、

「奥にもう一人いるぞ。若い娘だ」

いい終わらぬうちに、お仙は反射的に奥の部屋に走っていた。

「お絹さんッ！」

お仙の目に飛び込んできたのは、背中や脇腹をめった刺しにされ、血まみれで倒れ伏している、お絹の変わり果てた姿だった。

「それはもう、ひどいありさまで……」

思い出すのも辛《つら》いのか、お仙は声を震わせてそういうと、顔を伏せたままぷつりと押し黙ってしまった。数瞬の沈黙のあと、唐十郎がぽつりといった。

「お絹という娘、おまえと同い年だといったな」

「…………」

お仙はこくりとうなずいた。大人びた顔をしているが、お仙はまだ十九歳である。

同じ十九の娘ざかりを、無惨に散らされたお絹の無念を思うと、唐十郎の胸にもやり場のない怒りがふつふつとこみ上げてきた。

「旦那」

お仙がふっと顔を上げた。大きな眸《め》が涙でうるんでいる。

「このまま〝霞の仁兵衛〟一味を野放しにしておいたら、お絹さんが……、いえ、お絹さんだけじゃない。『生駒屋』の旦那さんやお内儀さん、それに二人の菓子職人さんも浮かばれません」

「………………」

「旦那、お願いです。あの人たちの仇《かたき》を討ってください」

すがるような目で、お仙は唐十郎を見た。

「実をいうとな、お仙」

「………………」

「目下、『稲葉屋』の重蔵が〝霞の仁兵衛〟の行方を追っているところなのだ」

「重蔵さんが……？」

「あの男のことだ。そのうち必ず何かつかんでくるに違いない」

重蔵が有力な手がかりをつかんできたら、その時点で『大黒屋』と相談し、この一件を〝裏公事《くじ》〟に廻すつもりだと唐十郎はいった。

「そのときは、お仙、おまえの出番もくるやもしれぬ。その心づもりでいてくれ」

「はい」

と、そこへ「旦那ァ！」と船頭の丈吉が息せき切って飛び込んできた。

「あら！」

お仙は虚を突かれたような顔になった。

「なんだ、お仙、おめえもきてたのか」

「どうしたの、兄さん、そんなにあわてて」

「いや、なに……、旦那にちょいと……」

いいつつ、唐十郎の前に腰を下ろし、

「旦那、粂三が殺されやしたよ」

「なに」

「たったいま仲間の船頭から聞いた話なんですがね。三俣《みつまた》の棒杭《ぼっくい》に引っかかってた粂三の死体を、佃島の漁師が見つけたそうで」

三俣とは、大川河口の中洲《なかす》のことである。この中洲は、大川筋でも月の名所として評判が高く、二十七年後の明和《めいわ》八年（一七七一）に御船蔵前《おふなくらまえ》の土で埋め立てられ、総面積九千六百七十七坪の町屋になった。現在の中央区日本橋中洲町である。

「その男、粂三に間違いないのか」

「へえ。南の御番所の検死与力が死体を調べたところ、背中に般若《はんにゃ》の彫物《ほりもの》があったそうです」

検死与力は粂三の死体の脇腹と喉頸の刃物の傷痕《きずあと》を見て、喧嘩沙汰《けんかざた》による殺しと断定したそうだが、唐十郎は即座に「違うな」と否定した。

粂三は口を封じられたのである。その確信が唐十郎をひどく落胆させた。

「——これでまた、振り出しにもどってしまったな」

「へえ」

弱々しくうなずいて肩を落とす丈吉に、横合いから、お仙が、

「ね、ね、兄さん、それって何の話？」

丈吉は一瞬ためらったが、「話してやれ」と唐十郎に目顔でうながされ、〝神隠

し〃事件のあらましや、これまでの探索の経緯をかいつまんで語って聞かせた。

「そう、そんな事件があったの」

「それより、お仙、おめえはなんでここへ？」

丈吉がいぶかるように訊《き》く。

「『生駒屋』さん一家が〝霞の仁兵衛〟一味に皆殺しにされたのよ」

「なんだって！」

事件の第一発見者がお仙だと聞いて、丈吉はさらに仰天した。

「あたし、気が動転しちゃって、どうしていいかわからなくて。……それで千坂の旦那のところへ……」

あらためて怒りと悲しみがこみ上げてきたのだろう。悲痛な表情で声を詰まらせるお仙に代わって、唐十郎が、

「『生駒屋』の仇討ちをしてもらえないかといってきたのだ」

「そうですかい」

「お仙の話を聞いているうちに、おれも腹が立ってきてな」

丈吉にそういうと、唐十郎はお仙に目を向けて、

「『生駒屋』一家の怨《うら》みは、そのうちきっとおれが晴らしてやるさ」

きっぱりといった。

それを聞いて、お仙の顔にもようやく笑みがこぼれた。

丈吉とお仙が去ったあと、唐十郎はすぐに身支度をととのえて家を出た。

向かった先は、馬喰町三丁目の付木屋《つけぎ》『稲葉屋』である。

どういうわけか、馬喰町には付木屋が多く、江戸の市民から「馬喰町付木」の名で親しまれていた。

ちなみに付木とは、薄く削った杉や檜《ひのき》の木片に硫黄《いおう》を塗ったもので、竈《かまど》などに火を焚《た》きつけるときに用いる、現代のマッチのようなものである。火木《ほぎ》とも呼ばれていた。

馬喰町三丁目の表通りから一本裏に入った横町に『稲葉屋』はあった。

間口二間半ほどの小さな店である。

「つけぎ」と筆太に記された腰高障子を引き開けて、唐十郎は中に入った。

店の中には硫黄の臭いが充満している。土間の奥の三畳ほどの板敷きに、分厚い杉板で作られた長方形の台が据えられ、その台の上に硫黄の溶液の入った壺《つぼ》や売り物の付木、材料の木片の束などが積まれている。

「いらっしゃいまし」

奥の長暖簾《ながのれん》を割って顔を突き出した重蔵が、土間に立っている唐十郎を見て、

「あ、千坂の旦那、ちょうどいいところへ。……『大黒屋』の旦那がお見えです。どうぞ、お上がりになって」

と上がり框に散乱した作業道具や木屑《きくず》を手早く片づけ、唐十郎を板敷きの奥の六畳間に通した。

「これは、これは千坂さま……」

茶を飲んでいた宗兵衛が、あわてて居住まいを正し、唐十郎に座布団《ざぶとん》を差し出した。

「二人そろって、何の相談だ?」

腰を下ろすなり、唐十郎は探るような目で二人を交互に見た。

「実は……」

と口を切ったのは、重蔵である。

「先日、〝霞の仁兵衛〟に会ってきたんですがね」

「居所がわかったのか」

「へえ。噂《うわさ》どおり内藤新宿に住んでおりやした」

「──で？」

「〝霞〟の名を騙《かた》ってるやつの正体がわかりやしたよ。昔の子分の富五郎って野郎で」

「昔の子分？　確かな証拠でもあるのか」

「証拠といわれると、ちょっと……」

重蔵は困惑げに頭をかきながら、

「ま、これはあっしの勘なんですがね。十中八、九、富五郎って野郎に間違いねえだろうと」

「そうか。よし、わかった。おまえの勘を信じよう。……ところで大黒屋」

横に座っている宗兵衛に目を向けて、

「その富五郎一味が、ゆうべも下谷広小路の『生駒屋』という菓子屋を襲い、一家三人と奉公人二人を皆殺しにしたそうだ」

「その事件は手前も存じております。なんとも酷《むご》いことで……」

宗兵衛は眉をひそめ、嘆くような口調でこうつづけた。

「南の御番所も手を焼いているようでございます。このまま探索が長引けば、また罪のない人々が命を落とすことになるでしょう」

「そこで相談だが……」

と唐十郎が膝《ひざ》を進めて、

「例の弥助殺しの件はしばらく棚《たな》上げにして、こちらを先に取り上げるわけにはいかんか」

「実を申しますと、そのことで千坂さまのお宅にお邪魔しようと思っていたところでございます。千坂さまがそうおっしゃってくださるなら、ぜひにも――」

「では、この〝裏公事〟やらせてもらおう」

「ありがとう存じます」

丁重に頭を下げると、宗兵衛はふところから財布を取り出し、三両の小判を唐十郎の膝前に置いて、

「探索の費用でございます。仕事料のほうは後日ということで、ひとつよろしくお頼み申し上げます」

「うむ」

「人目もございますので、手前はこれで失礼いたします。ごめんくださいまし」

もう一度頭を下げて、宗兵衛がそそくさと部屋を出ていくと、重蔵は唐十郎に茶を出していないことに気づき、あわてて台所から湯飲みを持ってきた。そして

急須《きゅうす》の茶を注いで唐十郎の前に差し出しながら、思い出したようにこういった。

「富五郎一味の仕事《やま》を洗い直してみたんですがね。妙なことに気づきやしたよ」

「妙なこと？」

「これをごらんください」

重蔵は茶簞笥の抽出から、折り畳んだ紙を取り出して広げた。

その紙には、これまでに富五郎一味が襲った商家の屋号や業種、殺された人間の数とその名前、盗まれた金の総額などが、金釘流《かなくぎりゅう》の拙《つたな》い文字でびっしり書き込まれている。

「一味が押し込んだ先は、どれもこれも小商人《こあきんど》ばかりで、荒っぽい仕事のわりには稼ぎもたかが知れてるんで」

いわれてみれば確かに、一味が襲った商家は薬種屋とか瀬戸物屋、紙屋、足袋屋、荒物屋、八百屋、菓子屋といった小店ばかりである。

「これだけのヤマを踏んでも、やつらが手に入れた金はせいぜい三百二、三十両ですからね。あっしだったらこんな割りの合わねえ仕事はやりやせんよ」

「じゃ、おまえだったら、どうする？」

「一発に賭《か》けやす」

「一発に？」

「日本橋あたりの大店《おおだな》の蔵には、千両箱が山となっておりやすからね。あっしだったらそれをねらってすぐに江戸を逃《ふ》けやすよ」

「なるほど――」

もっともな理屈だと思ったが、同時に唐十郎の脳裏に一つの疑念が生じた。

「すると、やつらのねらいは……？」

「別のところにあるんじゃねえかと、そんな気がしてならねえんで」

「別のねらいか」

「それがわかりゃ、次にねらう相手の見当もつくんですがね」

「ひょっとすると、重蔵」

唐十郎はふたたび紙面に目をやり、つぶやくようにいった。

「一味が襲った七軒の商家には、何か符合するものがあるのかも知れんぞ」

「あっしも、それを考えていたんですが、どうもいまいち……」

重蔵は面目なさそうにかぶりを振った。

「仔細に調べれば、必ず何か見つかるはずだ」

引きつづきそれを調べてくれ、といいおいて唐十郎は『稲葉屋』をあとにした。

三

西の障子窓にほんのりとにじんでいた残照が消えて、いつの間にか部屋の中には冷気をふくんだ薄い夕闇が忍び寄っていた。

神田連雀町の長屋の中である。手内職の縫い物をしていた八重が、ふと手を止めて腰を上げ、火打ち石を切って行燈《あんどん》に灯を入れた。

かたわらで父親の瀬川伊右衛門が黙々と傘を張っている。

「父上、お茶でも淹《い》れましょうか」

「いや、これを張りおえてからにしよう」

「そんなに根《こん》を詰めると、お体に障りますよ」

「もうじき終わる」

八重は立ち上がって台所で茶を淹れ、盆にのせて運んできたが、伊右衛門は振り向きもせず、傘架けの前でせっせと糊刷毛《のりばけ》を動かしている。

「お茶、冷めますよ」

といって、八重は火鉢に炭櫃《すびつ》の炭をくべ、ふたたび針仕事に取りかかった。

つい今し方、けたたましい声を張り上げながら長屋路地を駆け廻っていた子供たちも、それぞれの家に帰っていったのだろう。表には水を打ったような静けさがただよい、火鉢の中でパチッとはぜる炭の音だけがやけに大きく聞こえた。

しばらくして……、
伊右衛門は張りおえた傘を丁寧《ていねい》に畳んで、盆の茶碗《ちゃわん》を取ってうまそうに一口すすり上げた。それを見て八重が、

「冷めてしまったでしょ。熱いのに淹れ替えましょうか」

と腰を浮かせるのへ、

「いや、これでいい」

伊右衛門は手を振って制し、冷めた茶を一気に飲み干すと、張りおえた傘の束を真田紐《さなだひも》でくくって担ぎ上げ、腰に両刀をたばさんで立ち上がった。

「お出かけですか」

「うむ。これを届けてくる」

「お気をつけて」

八重に見送られて、伊右衛門は長屋を出た。

連雀町の路地を抜けて八辻ケ原を横切り、柳原《やなぎわら》通りから両国広小路に出た。

もう陽は西の端に没していて、家並みのあちこちに灯影《ほかげ》が揺らいでいた。

両国橋を渡り、回向院の門前を右に曲がって横網町に向かう。

武家屋敷が多いせいか、このあたりの商家は、暮の七ツ半（午後五時）ごろになると早々と店仕舞いをしてしまうのだが、一軒だけまだ戸を開けている商舗《みせ》があった。

傘屋『音羽屋』である。

軒先の掛け行燈に灯が入り、店の中からも明かりが洩れている。

帳場格子の中で帳合《ちょうあい》をしていたあるじの藤兵衛が、入ってきた伊右衛門を見てすかさず立ち上がり、如才《じょさい》のない笑みを浮かべて迎え入れた。

「瀬川さま、毎度ありがとうございます」

「今日は八本ばかり持ってきた」

肩に担いでいた傘の束を上がり框に置くと、藤兵衛が素早く十露盤《そろばん》をはじいて、

「先日と同じ買い取り値でよろしゅうございますか」

「うむ」

「では、〆《し》めて二百五十六文ということで」

銭を受け取った伊右衛門は、ちょっと思案するようにあごに手をやり、

「音羽屋、先日の話だがな」

と声を落として、上がり框に腰を下ろした。

「先日の話、と申しますと？」

「金儲《もう》けの話だ」

「ああ、はい……、例のあれでございますね」

「散々迷ったのだが、背に腹は代えられんからな。あの仕事、請けることにした」

「さようでございますか」

「さっそくだが、先方に引き合わせてもらえぬか」

「かしこまりました」

藤兵衛は店の奥に声をかけ、出てきた番頭に店番を頼むと、では、まいりましょうかと伊右衛門をうながして店を出た。

藤兵衛が向かったのは、横網町からほど近い、回向院前の元町《もとまち》だった。水茶屋や料亭、小料理屋、居酒屋などがひしめく、本所屈指の盛り場である。

その賑わいからやや離れた路地の奥に、『灘《なだ》屋』の看板をかかげた銘酒《めいしゅ》屋があった。

土蔵造りの二階家である。『灘屋』の屋号を白く染め抜いた浅葱《あさぎ》色の丈《たけ》の短い暖簾を分けて、藤兵衛は「どうぞ」と伊右衛門を中へうながした。

七、八坪ほどの広い土間に、欅《けやき》造りの卓がずらりと並んでいる。

その奥は十畳ほどの板敷きになっており、衝立《ついたて》で仕切られた席がいくつかある。ほとんどの席は客で埋まっていた。

「いらっしゃいまし」

と出てきた小女《こおんな》に、

「山根《やまね》さまはお見えかい？」

と藤兵衛が訊いた。

「はい。お二階に……」

藤兵衛は無言でうなずき、伊右衛門を案内して土間の奥の階段に向かった。

階段を上ると、廊下をはさんで四つの座敷があった。

藤兵衛は右奥の座敷の前で足を止めて中に声をかけた。

「音羽屋の藤兵衛でございます。よろしゅうございますか？」

「おう、入れ」

野太い声が返ってきた。

襖を引き開けて座敷に入ると、酒膳を前にして二人の浪人者が酒を酌み交わしていた。いずれも三十なかば過ぎと見える、がっしりした体軀《たいく》の浪人である。

「先日お話しした瀬川さまをお連れいたしました」

藤兵衛が伊右衛門を紹介すると、二人の浪人はそれぞれ尾州《びしゅう》浪人・山根与五《よご》郎《ろう》、大場稲次郎《おおばいなじろう》と名乗り、伊右衛門を酒席にうながした。

「音羽屋から話は聞き申した。貴殿、馬庭念流を遣われるとか」

伊右衛門の酒杯に酒を注ぎながら、山根与五郎がいった。

「新発田城下の佐伯《さえき》道場で念流を修行し、三十のときに目録を……」

「ほう、それは頼もしい」

大場稲次郎がにんまり笑って、

「瀬川どのが仲間に加わってくれれば、まさに鬼に金棒だ」

「仲間、と申されると、お手前方は……？」

いぶかる目で、伊右衛門は二人の顔を交互に見やった。

「いや、なに……」

大場が言葉を濁すと、間髪《かんはつ》を入れず、山根が、

「いま仔細を明かすわけにはまいらぬ。いずれ時機がきたら打ち明け申そう。……それより瀬川どの」

と急に声をひそめて、

「さっそく、貴殿の剣の業前《わざまえ》を拝見したいのだが」

「剣の腕を……？」

「人を斬《き》っていただきたい」

そういって、山根は指を三本立てた。

「三人……！」

「一人一両でいかがかな？」

三人斬れば三両になる。傘張りの稼ぎなどおよびもつかぬ大金である。伊右衛門はごくりと生唾《なまつば》を飲み込んだ。

「で、その相手というのは」

「ふふふ……」

山根は薄笑いを浮かべて、

「生きていても、世の中のためにならぬ輩《やから》ども、……とだけ申しておこう」

伊右衛門はややためらいの表情を見せたが、意を決したようにうなずき、

「腹を決めてここにきた以上、相手が誰であろうと断る理由はござらぬ。その仕事、請け申す」

山根と大場は満足そうに笑みを交わした。

「では……」

と大場が差料を引き寄せて立ち上がり、

「手前が案内つかまつる。ご同道くだされ」

伊右衛門をうながして、座敷を出ていった。

四

そのころ、深川門前仲町《もんぜんなかちょう》の水茶屋『扇屋《おうぎや》』の奥座敷では、三人の男が茶屋女をはべらして乱痴気《らんちき》騒ぎをしていた。

回漕問屋『鳴海屋』の小頭・卯三郎と人足の又八、駒次である。

女たちは緋色《ひいろ》の長襦袢《ながじゅばん》の前を大きく広げ、あられもなく胸乳《むなぢ》をさらしている。

男三人のあぶら汗と女たちの脂粉、酒の匂いなど、異様な臭気が立ち込める中

で、

赤い蹴出《けだ》しのその奥に
ちらりのぞいた逆《さか》さ富士
甲斐（嗅《か》い）でみるより
駿河（するが）一番
ああ　こりゃ　こりゃさ

又八が箸《はし》で小鉢を叩《たた》き、それに乗って駒次が卑猥《ひわい》な唄をがなり立て、そのかたわらで卯三郎は茶屋女の一人を畳の上に押し倒し、むき出しになった秘所を指でなぶっている。

まさに酒池肉林の大狂宴である。

この三人が自棄《やけ》になったように酒と女に酔いしれているのには、それなりの理由があった。今夕、『鳴海屋』のあるじ・惣五郎から突然、

「おめえたちの仕事はもう終わった。すまねえが、これで手を引いてくれ」

と一人十両の手切れ金で暇《いとま》を出されたのである。

「散々人をこき使いやがって、たった十両でお払い箱かよ」

卯三郎はそうぼやいたが、もともとこの三人は、二年ばかり前に江戸に流れて

きた小悪党で、深川黒江町の盛り場にたむろしていたところを、

「うまい儲け話があるんだが」

と惣五郎からさそわれ、三月の契約で『鳴海屋』に雇われたのである。

表向き卯三郎は小頭、又八と駒次が人夫という触れ込みで『鳴海屋』に住み込んだが、三人に与えられた仕事は〝押し込み〟だった。

「結局、うまい汁を吸ったのは、旦那だけよ」

憤懣《ふんまん》やるかたない又八と駒次を、

「いまさら愚痴《ぐち》をいっても仕方がねえや」

と卯三郎がなだめ、十両の金で思いっきり豪遊し、明日には江戸をずらかろうということになったのである。

三人は呆《あき》れるほど酒を飲み、取っ替え引っ替え女を抱いては、精がつき果てるまで欲情を放出した。

暮六ツ（午後六時）に『扇屋』の座敷に上がってから、すでに一刻半（三時間）がたっていた。さすがに遊び疲れて、卯三郎が、

「そろそろ引き揚げようぜ」

と二人をうながし、まるで脱け殻《がら》のようにふわふわと『扇屋』を出ていった。

門前仲町の雑踏を抜けて、三人は黒江川の掘割通りを歩いていた。

今夜は中島町《なかじま》の船宿『喜助《きすけ》』に泊まるつもりである。

黒江川の川面《かわも》を渡ってくる夜風が、身にしみるように冷たい。

「おお、寒《さぶ》……」

卯三郎がぶるっと身震いし、堀端で足を止めて尿《いばり》を放ちはじめた。それにさそわれて又八と駒次も並んで放尿しはじめた。

そんな三人を近くの路地の闇だまりから、じっと見ている二つの影があった。

大場稲次郎と瀬川伊右衛門である。

「獲物は、あの三人——」

大場が低くいった。伊右衛門は無言でうなずき、刀の柄頭《つかがしら》に手をかけると、闇だまりからゆっくり歩を踏み出していった。

放尿をおえて振り返った卯三郎が、近寄ってくる伊右衛門の影を見て、不審そうに首をかしげた。又八と駒次はまだ放尿をつづけている。

「あっしに何か？」

卯三郎がけげんそうに訊いた瞬間、伊右衛門は抜く手も見せず刀を鞘走らせ、下段からすくい上げるように刀尖を突き上げた。

「わっ」

と悲鳴を発して、卯三郎がのけぞった。喉がざっくり切り裂かれている。

又八と駒次が驚いて振り向いた。その刹那《せつな》、

びゅん！

と刃うなりを上げて振り下ろされた刀が、又八の眉間《みけん》を真っ二つに割っていた。そのまま一気にあごの下まで斬り下ろすと、伊右衛門はすぐさま手首をひねって刃先を返し、駒次の左脇腹から右肩にかけて逆袈裟《ぎゃくげさ》に薙《な》ぎ上げた。

その間、わずか寸秒、瞬息《しゅんそく》の二人斬りである。

又八と駒次が倒れ伏すのを待たず、伊右衛門は一閃《いっせん》させた刀を鍔《つば》鳴りをひびかせて納刀し、何事もなかったように悠然と背を返した。

それを見届けた大場が、路地の闇だまりからうっそりと姿を現して、

「さすがですな、瀬川どの」

にやりと笑いつつ、ふところから三両の金子を取り出し、

「約束の仕事料でござる。お納めくだされ」

と伊右衛門に手渡した。

「かたじけない」

「瀬川どのの手をわずらわせるほどの相手ではなかったが、ま、今夜はほんの腕試し、貴殿の本舞台はこれからでござろう」

「本舞台と申されると？」

「それはまた日をあらためて……」

「お手前方との連絡《つなぎ》は、いかように？」

「貴殿の手が必要になった折りには、『音羽屋』を通じて、その旨《むね》お伝え申す」

「承知つかまつった。では、手前はこれにて。……ごめん」

一揖《いちゆう》すると、伊右衛門は足早に闇の奥に溶け消えていった。


それから四半刻後、大場稲次郎は黒江町の料亭『蛟龍《こうりゆう》』の離れで、『鳴海屋』の惣五郎と酒を酌み交わしていた。

「大場さまには、すっかりお手数をおかけしてしまって」

恐縮しながら、惣五郎が酒を注ぐ。それを受けて大場が、

「万一、おまえの身に町方の手がおよぶようなことがあれば、わしらも一蓮托生《いちれんたくしよう》だからな。禍《わざわ》いの芽は早めに摘《つ》み取っておくに越したことはあるまい」

「おかげさまで、手前も今夜から枕を高くして眠れます」

「うむ」

満足そうに大場がうなずく。

「また何か御用がございましたら、遠慮なくお申しつけくださいまし」

「いや、これでもうおまえの役割は終わった。しばらく会わぬほうがいいだろう」

「しばらくと申しますと？」

「我らの大望《たいもう》が成就《じょうじゅ》するまでだ」

「――大場さま」

惣五郎は達磨のようなぎょろ目を光らせて、

「そのことで、いずれおうかがいしようと思っていたのですが」

「何だ」

「もしよろしければ、その大望とやらの中身を……」

「いまはいえぬ」

大場は突っぱねるようにいって、盃《さかずき》の酒をごくりと呑《の》み干し、

「はかりごとは密なるをもってよし、と申すからな」

「ですが」といいかけたが、惣五郎はその言葉をぐっと飲み込んで、押し黙って

しまった。それを見て、

「鳴海屋」

大場がぎろりと見返した。

「おまえ、博奕《ばくち》をしたことがあるか」

唐突な問いに、惣五郎はやや面食らったような表情で、

「は、はい。若いころは、散々に……」

「けちな博奕を打つやつは、必ず負ける」

「はあ」

「博奕は大きく打つものだ。大きく打って大きく勝つ」

「………」

惣五郎は呪縛《じゆばく》にかかったように、ぎょろ目を見開いたまま凝視している。

「近々、わしらは大博奕を打つ。そして必ず勝つ」

昂《たかぶ》った口調でそういうと、大場は盃になみなみと酒を満たし、

「とにかく、悪いようにはせん。その日を楽しみに待つことだな」

「お言葉、ありがたくうけたまわっておきます」

惣五郎は両手を突いて深々と低頭した。そこへ、

「遅くなりまして」

と声がして襖が開き、着飾った二人の女がしんなりと入ってきた。

「ほう、辰巳《たつみ》芸者か」

大場の顔に好色そうな笑みがこぼれた。

二人の芸者が加わって、座がいよいよ盛り上がろうとしていたそのころ……、
黒江川のほとりでは、通行人の知らせを受けて駆けつけてきた町役人や自身番屋の番太郎、それを取り囲む野次馬などで、ときならぬ騒動になっていた。

「こいつはひでえや」

「追剝《おいはぎ》の仕業か」

「いや、辻斬《つじぎ》りかもしれねえぜ」

野次馬たちが三人の死体をのぞき込んで、ひそひそと言葉を交わす中、

「おい、誰か、戸板を持ってきてくれ！」

初老の番太郎がわめき立てている。

ほどなく数人の男たちが戸板を三枚担いでやってきた。

その戸板に卯三郎、又八、駒次の死体をのせて運び去ると、群がっていた野次馬たちも潮が引くように三々五々散っていったが、一人だけその場に佇《たたず》んで、

「あの三人がな」

と何やら口の中でぶつぶつとつぶやいている男がいた。紺の印《しるし》半纏に浅葱色の股引きをはいた三十がらみの男——猪牙舟の船頭・政次郎《まさじろう》である。

「ただごとじゃねえな、これは」

つぶやきながら、政次郎は足早に去っていった。

そこから黒江川に沿って北へ半丁ほど行ったところに船着場があった。

政次郎が船着場の石段を下りて舟に乗り込もうとしたとき、一艘《そう》の猪牙舟がすべるように桟橋《さんばし》に入ってきた。水棹《みさお》を押しているのは、丈吉である。

「よう、丈吉じゃねえか」

「やア、政さん。今夜はどんな塩梅《あんばい》だい？」

「お寒いもんよ」

と肩をすぼめて、舟に乗り込み、

「半刻も前からここで客を待ってるんだが、さっぱりだ。ほかはどんな様子だい？」

「どこも似たりよったりでさ」

「この寒空じゃ仕方あるめえな。よかったら、こっちで一服つけねえかい」

「へい。じゃ遠慮なく」

と身軽に政次郎の舟に飛び移り、政次郎が差し出した煙管《きせる》を受け取って、うまそうにくゆらせはじめた。政次郎も自分の煙管に煙草《たばこ》を詰めながら、

「たったいま、この先で騒ぎがあってな」

ぼそりといった。

「騒ぎ？　てえと……」

「殺しだ。しかも三人よ」

「三人！　どこの誰なんで？」

「おめえ、佐賀町の『鳴海屋』って回漕問屋を知ってるか」

「へえ。名前《なめえ》だけは」

「その『鳴海屋』で働いていた連中だ。といっても勤めはじめて、まだ三月ちょっとの新顔ばかりだが……」

「喧嘩沙汰ですかい？」

「さァな」

と首を振って、政次郎は煙管の煙草に火をつけ、

「妙なことに、ついこの間も『鳴海屋』で働いてた粂三って男が殺されたばかり

だ」

「粂三！」

丈吉は思わず瞠目した。

「もっともそいつは日雇《ひよう》取りの人夫だったがな」

「へえ。粂三も『鳴海屋』で働いていたんですかい」

意外そうにつぶやく丈吉に、

「おめえ、知ってるのか。粂三って男を」

政次郎がのぞき込むようにして訊いた。

「へ、へい。あの事件は仲間から聞きやしたよ」

「そうかい」

煙草の煙をため息まじりに吐き出し、それにしても物騒な世の中になったもんだぜ、と独りごちながら、政次郎は暗い川面に目を落とした。

五

〈きりりしゃんとして咲く桔梗《ききょう》かな〉

江戸後期の俳人・小林一茶《こばやしいっさ》の句である。

神田多町の借家の庭の片隅に、朝露《あさつゆ》に濡《ぬ》れた紫色の桔梗の花が、まさに一茶の句のとおり、きりりしゃんとして咲いている。その花を愛《め》でるようにながめながら、

「『鳴海屋』か」

唐十郎がぽつりとつぶやいた。背後に丈吉が立っている。

「これで四人ですからね。『鳴海屋』に関わりのある男が殺されたのは――」

「…………」

「どう考えても、ただの偶然とは思えやせんよ」

「丈吉」

唐十郎がゆっくり振り向いた。

「『鳴海屋』のあるじってのは、どんな男なんだ?」

「調べてめえりやした。名は惣五郎、歳は四十がらみだそうです」

「いつごろから川船の回漕問屋を……?」

「あっしも知らなかったんですがね。聞くところによると、六、七年前に廃業し

た船宿を買い取って商売をはじめたそうなんで」

当初は、廃業した船宿が持っていた猪牙舟二艘と屋根船一艘を使い、おもに釣り客や船遊びの客を相手に商売をしていたが、数年後に三艘の荷足船《にたりぶね》を手に入れ、小名木川の舟運にも乗り出したという。

「六、七年前か。……とすると、江戸者じゃなさそうだな」

「へえ」

「商いはうまくいってるのか」

「さァ、そこまではちょっと……」

と首をかしげて、丈吉は濡れ縁に腰を下ろした。

「とにかく常雇いの舟子《ふなこ》を抱えると金がかかるんで、臨時雇いや日雇取りの人夫ばかりを使ってるそうで」

事実、昨夜殺された卯三郎、又八、駒次の三人は臨時雇いだったし、粂三も日雇いの人夫だった。

「ま、そんなわけで『鳴海屋』に出入りしている船頭や人夫どもは、しょっちゅう顔ぶれが変わってるそうですよ。ゆんべの三人もつい三月前に雇われたばかりだそうで」

「その三人はともかく、粂三が『鳴海屋』で働いていたというのが引っかかるな」

「何でしたら、あっしが引きつづき……」

「いや、おまえは船頭や舟子たちに顔を知られている。これ以上深入りするのは危険だ。『鳴海屋』は重蔵に洗わせよう。ご苦労だった」

小粒《こつぶ》二つを手渡すと、丈吉は「じゃ、ごめんなすって」と一礼し、庭の奥の枝《し》折戸《おりど》を押して立ち去った。

唐十郎は寝間にとって返して袴《はかま》をはき、左文字国弘を腰に差して家を出た。

天が高い。

どこまでも澄み渡った青空にちぎれ雲が一つポツンと浮いている。

八月も、もう残りわずかである。

馬喰町の初音《はつね》の馬場の大欅の葉が、燃えるような赤に染まっていた。

『稲葉屋』の腰高障子を引き開けて中に入ると、作業台で付木に硫黄を塗っていた重蔵が顔を上げ、「あ、旦那、いらっしゃいまし」と黄色い歯を見せて笑った。

作業台には売り物の付木が山と積まれている。

「商売繁盛だな」

唐十郎がそういうと、重蔵は「いや、いや」と手を振って、

「どういうわけか、ここんところ硫黄の値が急に上がりやしてね。手に入れるのに四苦八苦してるんで」

「品不足ってわけか」

「へえ。このままじゃ商売上がったりでござんすよ」

重蔵は苦笑したが、すぐにその笑みを消して、

「あっしに何か？」

と訊いた。

「深川佐賀町に『鳴海屋』という川船の回漕問屋があるんだがな」

土間に立ったまま、唐十郎は丈吉から聞いた話を洩れなく語り、

「小名木川の舟饅頭《ふなまんじゅう》の女が見たという船人足は、その『鳴海屋』で日雇取りをしていたそうだ」

「ほう」

重蔵の団栗《どんぐり》のような目がきらりと光った。

「すると、あの晩、浪人どもが大八車の荷を積み込んでいたという荷足船は……？」

「『鳴海屋』の船に相違あるまい」

「なるほど……」

そこまで聞けば、唐十郎の用件も察しがつく。

「わかりやした。さっそく『鳴海屋』を洗ってみやしょう」

「頼んだぞ」

いいおいて唐十郎が出ていくと、重蔵はすぐに奥に引き下がって身支度をととのえ、菅笠《すげがさ》をかぶって家を出た。

馬喰町から浜町河岸に出て、浜町堀沿いに南へ下ると大川に突き当たる。

大川端の道を下流に向かってしばらく行くと、前方に永代橋《えいたい》が見えた。

永代橋は四十六年前の元禄十一年（一六九八）に架けられた江戸一番の大橋である。

長さ百二十間（約二百十六メートル）、幅が三間（約五・四メートル）、橋の高さは水面から一丈半（約四・五メートル）あり、上げ潮のときでも大型の船が航行できた。

橋の東西両詰には橋番屋が設けられ、橋を往来する者から二文の通行料を取っていた。

永代橋を渡り、東詰をすぐ左に折れたところが深川佐賀町である。

川端通りには、船宿や川魚料理屋、大小の川船回漕問屋が軒をつらね、あちこちに荒菰《あらごも》包みの船荷が山積みにされている。

船溜まりに目を転じると、そこには五百石積みの弁才船《べざいぶね》や高瀬船、押送船《おしおくりぶね》、屋根舟、猪牙舟など大小の船がずらりと舳先《へさき》を並べて艫綱《ともづな》で係留されており、法被《はっぴ》にふんどし一丁の男たちが威勢のよい掛け声を張り上げながら立ち働いていた。

重蔵は菅笠のふちをぐいと引き下げ、荒々しい活気がみなぎる川端通りをゆっくり歩きながら、『鳴海屋』の看板を探した。

ほどなくそれは見つかった。油障子戸に『鳴海屋』の屋号がでかでかと記されている。間口だけをやや広げたのだろう。家の造りは昔の船宿のままである。

店先にさしかかったときだった。

笠の下の重蔵の顔がふいに強張《こわば》った。

中から鳶茶《とびちゃ》の羽織に茶縞《ちゃじま》の紬《つむぎ》を着た赤ら顔の男が出てきたのである。

『鳴海屋』のあるじ・惣五郎だった。

（野郎は……！）

重蔵の顔に驚愕《きょうがく》が奔った。

男は〝霞の仁兵衛〟の手下・富五郎だった。

十数年前に本芝一丁目の雑魚場《ざこば》の「盗《ぬす》っ人《と》宿」で、重蔵は二、三度富五郎に会ったことがある。当時、富五郎は三十二、三だった。

十余年の歳月をへてすっかり貫禄をつけているが、獅子頭《ししがしら》のようなその面貌は少しも変わっていない。まぎれもなく富五郎だった。

「じゃ、あとは頼んだぜ」

惣五郎、いや富五郎は、番頭らしき初老の男にそういいおいて立ち去った。

そのだみ声も十余年前と変わっていなかった。

重蔵は菅笠をさらに目深《まぶか》にかぶり直し、さりげなく富五郎のあとを跟《つ》けはじめた。

川端通りの雑踏を、富五郎は縫うようにせかせかと歩いている。

そのうしろ姿を見て、重蔵はあることに気づいた。

左手が不自然に揺れている。まるで棒を振っているような感じだ。

そういえば、〝霞の仁兵衛〟がこんなことをいっていた。

「昔からやつとは折り合いが悪くてな。しまいには金の分け前をめぐって大喧嘩になった。さすがにおれも堪忍袋の緒が切れて、野郎の左腕をへし折ってやったさ」

そのときの後遺症で左腕が自由に動かないのだろう。

(間違いねえ。野郎は富五郎だ)

笠の下の重蔵の目が、獲物を見つけた猛禽《もうきん》のように鋭く光った。

第四章　密偵《みってい》斬《ぎ》り

一

鏡台の前で、女が長襦袢《ながじゅばん》の胸元を大きく開いて白粉《おしろい》を塗っている。

深川東門前《ひがしもんぜん》町の芸者・おもとである。

歳は二十七、八。さほどの美人ではないが、胸が豊かで、腰のまわりの肉づきもよく、成熟した女の色香をただよわせている。

隣の寝間《ねま》には、艶《なま》めかしい夜具が敷きっぱなしになっており、その枕辺《まくらべ》で『鳴海屋』の惣五郎が手酌でちびちびと酒を呑《の》んでいる。

「なァ、おもと……」

化粧に余念のないおもとに、惣五郎がちらちらと目をやりながら、

「そろそろ座敷づとめをやめたらどうなんだ?」

「そうはいきませんよ」

そっけなくいって、おもとは立ち上がり、着物を着はじめた。

「おめえには十分手当てをくれてやってるんだ。なにもそんなにあくせく働くことはねえだろう」

「あたし、お金が欲しくて働いてるんじゃありませんよ」

「じゃ、なんで……？」

「なんでって……、一日じゅう家ん中に閉じこもっていたら気づまりだし、それに女は人目を気にしなくなったら老《ふ》けちまいますからね」

惣五郎は苦笑いを浮かべ、

「男どもにちやほやされるのが、そんなに楽しいかい」

「あら、旦那《だんな》、悋気《りんき》してるの？」

皮肉っぽい口調で、おもとがいい返す。

「おもと」

立ち上がるなり、背後からおもとを抱きすくめ、胸元に手をすべり込ませた。

「あ、旦那……、あたし、急いでるんですから」

「いいじゃねえか。ちょっとぐらい遅れても」

「もう、散々楽しんだくせに……」

「酒が入ったら、また元気になっちまってな」

惣五郎は犬のように息を荒らげ、おもとの着物の下前をたくし上げた。

緋色《ひいろ》の二布《ふたの》のあいだから、むっちりと肉《しし》おきのよい太股《ふともも》が露出する。

「ちょ、ちょっと、旦那」

「いいじゃねえか。もういっぺん……、もういっぺんだけだ」

「出かける間際になって、そんな……」

「辛抱《しんぼう》たまらねえんだ」

惣五郎の分厚い唇《くちびる》が、なめくじのようにおもとのうなじを這《は》う。

「化粧が崩れるから、やめてくださいな」

邪険《じゃけん》にその手を振り払うと、おもとはひらりと身をかわして、

「じゃ、行ってきます」

逃げるように部屋を出て行った。

チッと舌打ちを鳴らして、惣五郎は膳《ぜん》の前にどかりと腰を据え、

「情の薄い女だぜ」

苦々しくつぶやきながら、ふたたび猪口《ちょこ》の酒を舐《な》めるように呑みはじめた。

惣五郎がおもとを囲ったのは、二カ月ほど前のことである。

東門前町の料理茶屋『梅鉢《うめばち》』の座敷に出ていたおもとを見初《みそ》め、足しげく通って散々口説いたあげく、金で面《つら》をはたくようにして囲い者にしたのだ。月々の手当ては二両、この家の家賃も惣五郎が払っているし、女ひとりの暮しなら、

(何の不自由もねえ)

はずなのだが、おもとは座敷づとめを一向にやめようとはしなかった。金のためというより、酒と男がなければ生きていられない奔放《ほんぽう》な女なのである。

惣五郎がそれを咎《とが》めると、

「あたしは籠《かご》の鳥じゃないんだから」

と逆に食ってかかり、惣五郎の求めを拒絶することもたびたびあった。これでは高い金を払って女を囲っている意味がない。

「そろそろ、あの女とも切れどきかもしれねえな」

苦虫を百匹も嚙《か》みつぶしたような顔で、徳利の酒を猪口に注ごうとすると……、

からり。玄関の戸が開く音がした。

「おもとか……?」

太い首を廻して、惣五郎が声をかけたが、応答がない。

「忘れ物でもしたのか」

もう一度声をかけたが、やはり返答はなかった。不審げに腰を上げようとしたとき、廊下にずかずかと足音がひびき、いきなり襖《ふすま》が開け放たれた。

「な、なんでえ、おめえさんは！」

惣五郎は目を剝《む》いて跳びすさり、どすんと尻餅《しりもち》をついた。

塗笠《ぬりがさ》をまぶかにかぶり、軽衫《かるさん》をはいた長身の武士が立っている。

「ひ、人の家に、勝手に上がりやがって！」

「富五郎だな」

武士が低く誰何《すいか》した。千坂唐十郎である。惣五郎の顔から血の気が引いた。

「な、なんで、それを！」

「〝霞の仁兵衛〟の名を騙《かた》って、三人の破落戸《ごろつき》どもに押し込みをやらせていたのは、貴様だな？」

「し、知らねえ。あっしは何も知らねえ！」

畳に尻をついたまま、惣五郎はじりじりと後ずさった。

「知らねえとはいわせねえぜ」

いうなり、唐十郎は腰の左文字国弘を抜き放ち、惣五郎の鼻面《はなづら》に切っ先をぴたりと突きつけた。

「ひッ」

と叫んで惣五郎は石のように固まった。

「素直に白状しねえと……」

カシャッと刃先を返した。

「ま、待ってくれ！　い、命だけは助けてくれ！」

「いうか」

「い、いう！」

血の気の引いた惣五郎の顔は、獅子頭《ししがしら》というより、まるで鬼瓦《おにがわら》のようにどす黒く、額には玉のような脂汗が浮いている。

「あ、あの押し込みは……、あっしがやらせたんじゃねえ。人に頼まれてやったんだ」

あえぐようにいった。

「頼まれた？　誰に――」

「大場稲次郎って、尾州浪人だ」

「尾州浪人?」

惣五郎が大場稲次郎と知り合ったのは、三月《みつき》ほど前だった。

『鳴海屋』にふらりと現れた大場から、俵詰《たわらづ》めの荷物を五俵ほど築地《つきじ》の鉄砲洲《てっぽうず》から小名木川の八右衛門河岸まで運んでもらいたいと頼まれたのである。

荷物の中身はわからなかったが、惣五郎はその仕事を二両で引き受けた。

それから数日後、ふたたび大場が訪ねてきて、

「内密の頼みがあるのだが……」

と〝押し込み〟の話を持ちかけてきたのである。そして大場はこう付け加えた。

「我らの大望《たいもう》が成就《じょうじゅ》したあかつきには、『鳴海屋』を江戸一番の回漕《かいそう》問屋にしてやる」

と……。

この話に惣五郎は二つ返事で乗った。

押し込み先の商家は、大場がそのつど指定したという。

「大望とは、どういうことなんだ?」

唐十郎が詰問した。刀の切っ先は惣五郎の鼻先に突きつけられたままである。

「し、知らねえ」

惣五郎は口をゆがめてかぶりを振った。

「この期《ご》におよんで、まだ白を……」

「ほ、本当だ。本当にあっしは何も知らねえんだ。か、勘弁してくれ」

「相手の企《たくら》みも知らずに、二つ返事でそんな危ねえ話を引き受けるほど、貴様、お人好しには見えんがな」

塗笠の下の唐十郎の口元に冷笑が浮かんだ。

「もちろん、あっしも何度か訊《き》いてみたさ」

惣五郎が開き直ったように反駁《はんばく》する。

「だが、大場さんは頑として打ち明けてくれなかった。それであっしは逆に大場さんの話を信じたんだ」

「逆に……？」

「口の固い男は信用できると——」

「なるほど、それも道理だな。ついでに、もう一つ聞く。その大場一味が八右衛門新田の荒れ寺を引き払うとき、おまえの持ち船で人や荷を運んだはずだ。相違ないな？」

「へえ」

「どこに運んだ」

「千住大橋のたもとの……、船着場に……」

「その先は？」

「あっしらはそこで御用済みになった。あとのことはわからねえ」

「やつらの根城も知らんのか」

「知らねえ」

「そうか」

唐十郎はそれ以上の追及をあきらめた。惣五郎がおのれの命を危険にさらしてまで、大場稲次郎とその一味を庇《かば》うほど、男気《おとこぎ》のある人間とは思えなかった。

惣五郎は本当に何も知らないのだろう。

大場を信じて、大場のいいなりに動いていたに違いない。

「あっしの知ってることはすべて応えた。頼むから命だけは助けてくれ」

手を合わせて命乞いをする惣五郎を、唐十郎は笠の下から冷やかに見下ろした。

「〝霞の仁兵衛〟が怨《うら》んでたぜ」

「え」

惣五郎は思わず顔を上げ、意外そうな面持《おもも》ちで唐十郎を見た。

「貴様に勝手に名を騙られ、押し込みの濡《ぬ》れ衣《ぎぬ》を着せられたと――」

「ご浪人さん、霞の親分を知ってるんで？」

「ちょっとした縁があってな」

「ご浪人さんは知らねえだろうが……」

惣五郎は太い眉《まゆ》を寄せて、うめくようにいった。

「怨みがあるのはあっしのほうなんですぜ。この腕を見ておくんなさい」

突き出した左腕が棒のように硬直している。

「霞の親分にへし折られたんだ。それ以来、左腕が利《き》かなくなっちまった」

「貴様は腕一本で済んだが……」

いいながら、唐十郎は一歩踏み出した。

「貴様に殺された無辜《むこ》の人間の命は二度と返ってこねえ」

「だ、だから、あれは、あっしがやったんじゃねえと！」

「同じことだ」

刀を引いて、剣尖をだらりと下げた。

「ご、ご浪人さんは、いったい何者なんで！」

「闇《やみ》の始末人。貴様の命をもらいにきた」

「や、約束が違うじゃねえか。知ってることを白状したら、命は助けてやるといったはずだぜ！」

「そんな約束はした覚えがねえ」

「ちょ、ちょっと、待ってくれ！」

必死に手を振りながら後ずさるのへ、

「地獄に堕ちろ」

吐き捨てるなり、だらりと下げた刀を斜めに薙《な》ぎ上げた。左からの逆袈裟《ぎやくげさ》である。

ガツッと鈍い音がして、何かが宙に舞った。

切断された惣五郎の首だった。胴体だけが仰向《あおむ》けに倒れ、蹴鞠《けまり》のように宙を舞った首は天井にぶつかり、音を立てて夜具の上に転がった。

刀の血ぶりをして納刀すると、唐十郎は夜具の上に転がっている惣五郎の首に冷やかな一瞥《いちべつ》をくれて、悠然と部屋を出ていった。

二

神田多町の家にもどると、『大黒屋』宗兵衛と『稲葉屋』の重蔵、そして丈吉、お仙の四人が待ち受けていた。

留守のあいだにお仙が支度をしたのか、部屋には酒肴《しゅこう》の膳部も用意されていた。

「お帰りなさいまし」

入ってきた唐十郎に、宗兵衛は両手をついて頭を下げた。

唐十郎は塗笠をはずして、酒膳の前に腰を据えた。

「ご苦労さまでございました。まずは一盞《いっさん》」

宗兵衛が酌をする。それを一気に呑み干して、唐十郎は『鳴海屋』惣五郎（富五郎）を仕留めてきたことを四人に報告した。

「これで『生駒屋』さん一家の怨みも晴らせましたね」

お仙がしんみりという。横合いから重蔵が、

「で、野郎は白状したんで？」

「ああ」

唐十郎は二杯目の酒を口に運びながら、江戸を震駭《しんがい》させた一連の押し込み事件が、尾州浪人・大場稲次郎の差し金であったことや、その大場一味が『鳴海屋』の荷足船《にたりぶね》を使って八右衛門新田の廃寺から別の場所に移動したことなどを話した。

「すると、このあいだの弥助殺しも、大場って浪人が……？」

丈吉がいった。

「おそらくな。三州吉田で起きた〝神隠し〟事件と江戸で起きた押し込み事件とが、これで一本につながった」

「それにしても――」

と重蔵が腕組みをしながら、思案顔でつぶやく。

「妙な成り行きになってきやしたね」

「大場って浪人はいったい何を企んでるのかしら？」

お仙の疑問に、唐十郎が、

「その謎を解く鍵《かぎ》は二つある。一つは大場が尾州浪人だということ。もう一つは、その大場が口にしていた〝大望〟という言葉だ」

「千坂さま」

宗兵衛が深刻な面持ちで膝《ひざ》を乗り出した。

「ひょっとすると、これは手前どもの手に負えぬような大事になるのでは……」

「うむ」

唐十郎も険しい顔でうなずいた。

「尾州というのが、どうも気になるな」

「昔から尾張《おわり》さまと将軍家は折り合いが悪うございましたからねえ」

徳川御三家の一つ、尾張家と八代将軍・吉宗との確執は、いまをさかのぼること二十八年前、すなわち享保《きょうほう》元年（一七一六）の将軍家世継ぎ問題に端を発する。

その年の四月、七代将軍・家継《いえつぐ》がわずか八歳で夭折《ようせつ》した。

八歳の幼い将軍にむろん嗣子《しし》がいるはずはなく、将軍家の血筋は七代で断絶した。

そこで次期将軍の候補に挙げられたのが、尾張継友《つぐとも》、紀州《きしゅう》吉宗、水戸《みと》綱条《つなえだ》の三人であった。そのうち水戸の綱条が高齢のために辞退し、次期将軍候補は継友と吉宗の二人にしぼられた。

八代将軍の座につくのは、尾張か紀州か。

天下の耳目《じもく》はこの一点に集中した。

下馬評では、御三家筆頭の尾張継友（尾張六代藩主）が圧倒的に有利だったが、大方の予想を裏切って紀州家の逆転勝利に終わった。六代将軍・家宣《いえのぶ》の未亡人・天英院《てんえいいん》の一声によって、紀州吉宗が八代将軍の座につくことになったのである。

将軍後継争いに敗れた尾張藩の、吉宗に対する怨念《おんねん》は深かった。一説には、

「紀州へ一戦仕掛けよう」

「吉宗を斬《き》るべし」

と叫んだ者もいたという。中でも、将軍吉宗に対して、あからさまな敵愾《てきがい》心を抱いていたのは、六代藩主・継友の異母弟・宗春《むねはる》であった。

享保十五年（一七三〇）、三十九歳の若さで病死した継友の跡をついで尾張藩七代藩主となった宗春は、吉宗の改革政治（世にいう享保の改革）に真っ向から対立、積極的な開放政策をつぎつぎに打ち出して、

「近国の金が全部名古屋《なごや》に吸い取られてしまう」

と伊勢《いせ》の商人を嘆かせるほど、名古屋の町に繁栄をもたらした。

さらに宗春は、みずからも傾《かぶ》いた華美な衣裳で城下の遊廓《ゆうかく》や芝居小屋に足しげく通い、幕府の倹約令をあざ笑うかのように遊蕩三昧《ゆうとうざんまい》の日々を送っていた。

そんな宗春の挑戦的な態度を、吉宗は苦々しく思いながら忍耐強く静観していた。

だが、その忍耐にも限度があった。

宗春が尾張藩主の座について九年目の元文《げんぶん》四年（一七三九）正月、尾張藩の五家老が江戸城に招致され、次のような上意が申し渡されたのである。

「尾張殿、家督相続以来、不行跡《ふぎょうせき》の段数知れず。再三の注意にもかかわらず、行跡改める様子なく、もって将軍（吉宗）大いに不興《ふきょう》、急度《きっと》、蟄居謹慎《ちっきょきんしん》申しつけるものなり」

蟄居謹慎処分は、大名の刑罰としては切腹につぐ重刑である。

この沙汰《さた》を受けて、宗春はただちに名古屋城三の丸の屋敷に幽閉《ゆうへい》され、空席となった尾張八代藩主の座には甥《おい》の宗勝《むねかつ》がついた。

それから五年たった現在も、宗春の蟄居処分は解かれず、名古屋城三の丸の屋敷で幽閉生活を送っている。

その処遇とはいったいどんなものか。

幕府の閣老・松平左近将監《まつだいらさこんしょうげん》の申し渡し状によれば、

〈屋敷内のすべての門を閉ざして、（当人の）出入りを禁ずる〉

〈どうしても出入りを必要とする者のために、一カ所だけ開けておくことを許す〉

〈ただし、よんどころなき用事のある者以外の出入りは固く禁ずる〉

〈この旨《むね》、家老衆および家中の者どもに相つつしむべきこと〉

外出はもとより、屋敷内での行動も厳しく制限され、勝手気ままに庭を散歩したり、屋敷内を歩き廻ったりすることすら禁じられているという。

屋敷内での服装は裃《かみしも》、終日一室できちんと容儀を正し、障子戸を開けて庭をながめることも許されなかった。

蟄居謹慎がいかに厳しい刑罰であったか、推《お》して知るべしであろう。

「尾張宗春さまが蟄居謹慎を申し渡された折り……」

宗兵衛が話をつづける。

「宗春さまに近侍《きんじ》していたご家来衆も何人か藩を追われたと噂《うわさ》に聞きましたが」

「すると、大場稲次郎って浪人は……！」

重蔵がいいかけると、宗兵衛はかぶりを振って、

「いや、いや、まだそうと決めつけるわけにはいきませんがね」

「仮にそうだとすれば――」

唐十郎がいう。

「大場のいう〝大望〟とは、宗春公の遺恨《いこん》を晴らすことかもしれんぞ」

「遺恨を晴らす、てえと？」

丈吉が訊き返した。

「つまり、謀叛《むほん》だ」

「謀叛！」

重蔵と丈吉、お仙の三人がほとんど同時に驚声を発した。

謀叛とは、字義どおり、ひそかに謀《はか》って事を挙げることである。

過去にも浪人集団が謀叛を起こした例は二件あった。由比正雪《ゆいしょうせつ》らによる慶安《けいあん》事件と別木庄左衛門《べっきしょうざえもん》らによる承応《じょうおう》事件である。もっとも、この二件はいずれも事前に計画が発覚して未遂に終わってはいるが……。

大場稲次郎が宗春の直臣《じきしん》だったとすれば、主君の遺恨を晴らすために、幕府を相手に謀叛を企てたとしても少しも不思議ではないのだ。

問題は、大場一味がいつ、どこで、どんな手段で〝事〟を起こそうとしているのか。

「大黒屋」

唐十郎が向き直った。

「三州吉田の花火職人を拉致《らち》したのは、盒薬《ごうやく》（爆薬）を作らせるためかもしれんぞ」

「盒薬を！」

宗兵衛は驚愕《きょうがく》した。

「江戸にも花火職人はいるが、江戸で拉致騒ぎを起こせば事前に企みが発覚する恐れがある。それでわざわざ三州吉田から花火職人を拐《かどわ》かしてきたのだろう」

「なるほど……」

四人がいっせいにうなずいた。

花火職人に作らせた大量の盒薬を、江戸の各所に仕掛けて爆発させれば、千代田城を火の海にすることも可能なのだ。

「大場一味の企てはそれに相違あるまい」

と唐十郎はいい切った。ただ一つ疑問なのは、花火職人にそれほど強烈な盒薬が、それも千代田城を火の海にするほど大量に作れるものかどうか。作れるとすれば、どんな方法があるのか。唐十郎のその疑問に、

「手前が調べてみましょう」

といったのは、宗兵衛である。

「両国の花火問屋『鍵屋《かぎや》』さんに、手前の知り合いの職人がおりますので、それとなく訊いてみます」

「急いでもらいたいのだが」

「かしこまりました。では、明日の昼ごろ、例の場所で——」

翌日の昼少し前、唐十郎は日本橋堀留の料亭『花邑』に向かった。

いつもの二階座敷で、宗兵衛は静かに茶を喫していた。

「どうだ？　わかったか」

着座するなり、唐十郎が聞いた。

「はい。結論から申しあげますと、原料さえそろえば、花火職人にも盒薬は容易に作れるそうでございます」

「原料、というと……？」

「白焔硝石《しろえんしょうせき》と硫黄《いおう》と木炭だそうで。その配分さえわかっておれば、さほどむずかしい仕事ではないそうです」

そう前置きして、宗兵衛は『鍵屋』の花火職人から聞いた盒薬の製造方法を、事細かに説明しはじめた。それによると……、

まず白焔硝石を唐赤銅釜《からあかがねがま》に入れて、飯を炊《た》くぐらいの水を加え、長柄《ながえ》の杓《ひしやく》でかきまぜながら煮詰め、さらに麻幹《あさがら》、躑躅《つつじ》、桐《きり》、柳《やなぎ》などを焼いて作った木炭粉(灰)をまぜて蒸《む》す。

こうして出来上がった粘土状のものを、臼《うす》に入れて急速に勢いよく搗《つ》きあげ、それに薬研《やげん》で擦って絹篩《きぬぶるい》にかけた硫黄の粉を加え、さらに搗きあげて棒状に形をととのえる。

それを赤銅の包丁できざんで乾燥させれば、爆発力の強い黒色火薬が完成するという。

「硝石一貫目(約三・八キロ)に対して、硫黄二百五十匁《もんめ》(約九百四十グラム)、木炭二百二十匁(約八百三十グラム)ぐらいの割合が上火薬だそうでございます」

「そうか」

唐十郎の目がきらりと光った。

八右衛門新田の廃寺の僧坊の一室に放置されていた、黒い微粉末の付着した絹篩の用途がそれでわかった。あの絹篩は木炭粉を作るために使われていたに違いない。

「そういえば――」

唐十郎の脳裏《のうり》に重蔵の言葉がよぎった。

「近ごろ急に硫黄が品不足になり、値が急騰したそうだが……」

「硫黄の値が?」

「大場一味が買い集めたせいかもしれぬ」

「なるほど」

宗兵衛が深くうなずいた。

「そう考えれば何もかもつじつまが合いますな」

硫黄だけではなく、白焔硝石や木炭粉などもあちこちから買い集め、『鳴海屋』の荷足船で八右衛門新田の廃寺『円蔵寺』に運び込んでいたに違いない。

「一味はあの荒れ寺で盒薬を密造するつもりだったのだ。だが……」

唐十郎の言葉を引き取って、宗兵衛が、

「探索の手が迫ったので、あわてて場所を移したというわけでございますね」

「うむ。惣五郎の話によると、千住大橋の船着場で人や荷を下ろしたそうだ。とすれば千住宿の近辺に新たな根城を構えたに違いない」

「一刻も早くその根城を突き止めなければ……」

「江戸は大変なことになる」

二人の声には切迫感がこもっている。

当時、江戸はすでに百万の人口を擁する世界一の大都市であり、同時に、

「三年に一度は大火が起きる」

といわれるほどの火災の多発都市でもあった。

わけても明暦三年（一六五七）正月、本郷丸山本妙寺《まるやまほんみょうじ》から発した大火（振袖火事）は惨烈《さんれつ》をきわめた。三日三晩燃えつづけた火事は江戸の町を焦土《しょうど》と化し、焼死者の数は十万人に上ったという。

大場一味が大量の盒薬を使って事を起こしたら、おそらく明暦の大火をはるかに上回る惨状になるであろう。それを思うと、もはや、

「一刻の猶予《ゆうよ》もならない」

のである。

「大黒家」

唐十郎が意を決するような表情で、宗兵衛を見た。

「おれはしばらく江戸を離れることにする」

「と申しますと？」

「行き先は千住だ。もし留守中に何かあったら、丈吉に言伝《ことづ》てを託してくれ」

「かしこまりました。では……」

宗兵衛は懐中から財布を取り出して、

「些少《さしょう》ではございますが、これを路用に」

と二両の金子《きんす》を唐十郎に手渡した。それを受け取り、用意された昼食を食べおえると、
唐十郎は先に『花邑』を出て帰宅の途についた。

あと二日で月が代わり、九月（新暦の十月）になる。

伊勢町堀《いせちょうぼり》を吹き渡ってくる風は、晩秋というより初冬の気配をふくんでいる。

伊勢町の路地を抜けて、大通りに出た。室町通りである。通りの両側にはさまざまな業種の大小の商家が建ち並び、買い物客で賑《にぎ》わっていた。

室町三丁目の辻角にさしかかったとき、唐十郎の目がふと一点に止まった。

小間物問屋の店先で、若い男女が仲むつまじげに品物を見ている。

女は八重だった。男は目元の涼しげな白皙《はくせき》の武士である。

もとより唐十郎は知るよしもなかったが、その武士は幕府の御同朋頭《ごどうぼうがしら》・神崎将左衛門の次男・神崎慎之助だった。

店頭に並べられた数本のかんざしを手に取り、あれこれと品定めをしている慎之助のかたわらで、八重がはにかむような表情でうつむいている。

二人が恋仲であることは一目瞭然《いちもくりようぜん》だった。

(男がいたのか)

唐十郎の胸に嫉心《しつしん》とも落胆ともつかぬ複雑な感情がこみ上げてきた。

慎之助は、数本のかんざしの中から、一本を選んで八重に手渡している。

どうやらそのかんざしを買ってやるようだ。そんな二人の微笑《ほほえ》ましい姿に、唐十郎はいまは亡き許嫁《いいなずけ》・登勢とおのれの姿を重ねて見ていた。

三

「『鳴海屋』が……?」

と眉宇《びう》を寄せたのは、四十がらみの骨格のがっしりした浪人者である。

酒膳をはさんで、傘屋『音羽屋』の主人・藤兵衛が座っている。

本所元町の料理茶屋『水月楼《すいげつろう》』の二階座敷である。

時刻は七ツ半（午後五時）ごろか。障子窓から差し込む夕日が、二人の男の影を畳の上に長々と描いている。

「深川佐賀町の情婦《おんな》の家で殺されたそうです」

藤兵衛が応えた。

「それはいつのことだ？」

「昨夜だそうで……、その殺され方が尋常ではなかったそうです」

「と申すと？」

「首を切り落とされていたとか」

「ほう」

浪人者は険しい表情で頤《おとがい》の張ったあごをぞろりと撫《な》でた。

「かなりの手練《てだれ》だな」

「もしや、江戸藩邸の探索方の仕業《しわざ》では……」

「ううむ」

と渋面《じゅうめん》を作って、浪人者は黙りこくってしまった。

この浪人者の名は、鮫島外記《さめじまげき》という。歳は四十二。髪を総髪《そうはつ》にたばね、口髭《くちひげ》をたくわえたその風貌《ふうぼう》は、ひとかどの武将を想わせる。

かつて鮫島は、尾張徳川家の近習頭《きんじゅがしら》として七代藩主・宗春に近侍していたが、五年前に宗春が幕府から蟄居謹慎処分を受けたさい、配下の山根与五郎、大場稲次郎とともに宗春に伺候《しこう》して名古屋城三の丸の屋敷詰めとなった。

ちなみに、そのとき、宗春に付き従うことが許されたのは、武士三十二人、下男十人、中間十六人であった——と記録にある。

この年の六月、鮫島外記と配下の山根与五郎、大場稲次郎が突然、藩を致仕《ちし》して尾張から姿を消した。理由はつまびらかにされていない。三人のその後の消息を知る者もいないという。

「遅くなりまして」

ふいに襖の外で低い声がして、二人の浪人が入ってきた。

山根与五郎と大場稲次郎である。

「昨夜、『鳴海屋』が殺されたそうだぞ」

二人が着座するのを待たず、鮫島が急《せ》き込むようにいった。

「存じております」

応えたのは、大場である。

「おそらく、江戸藩邸の密偵の仕業でございましょう」

「確かな証《あかし》でもあるのか」

「『円蔵寺』に探りを入れていた例の侍――」

大場に代わって、山根が応えた。

「その後の調べで藩邸の徒目付《かちめつけ》・志賀和助《しがわすけ》と判明いたしました」

八右衛門新田の廃寺『円蔵寺』の裏境内《けいだい》で殺されていた、あの謎の武士である。

「藩邸の徒目付？」

鮫島の目に険しい光がよぎった。

「はい。『鳴海屋』の身辺にも探索の手が迫ったのではないかと」

「まずいな、それは」

「しかし、案ずるにはおよびませぬ」

大場が不敵な笑みを浮かべていった。

「『鳴海屋』は我らの企《くわだ》てをいっさい知らぬゆえ、秘密が洩《も》れるようなことは決して」

「そうか。『鳴海屋』は何も知らぬか」

「こんなこともあろうかと、肝心なことはすべて伏せておきましたので」

「ならば、まずは一安心だな」

鮫島の口から安堵《あんど》の吐息が洩れた。

「ところで、例の物の進み具合はいかがなものでしょうか」

藤兵衛の問いに、

「半分は出来上がっておる」

山根が応えた。

「残りの半分は、あと十日ぐらいかかりそうだ」

「十日でございますか。それなら期日までに十分間に合うでしょう」

「音羽屋」

鮫島が向き直った。

「そろそろ例の空き家のほうも手配しておいてもらいたいのだが」

「かしこまりました。近日中に手配いたします」

「おぬしにもう一つ、頼みがある」

大場がいった。

「どんな御用でございましょう」

「千住宿にまた一人、藩邸の探索方らしき侍が現れた。瀬川と申す浪人者にそやつの始末を頼みたいのだ」

「承知いたしました。では、さっそく今夜にでも」

密談はそれで終わり、酒になった。


四半刻後――。

藤兵衛は先に辞去し、神田連雀町の瀬川伊右衛門の長屋に向かった。

宵闇につつまれた長屋の窓に点々と明かりが灯っている。伊右衛門の家の障子窓にも行燈《あんどん》の明かりがほんのりとにじんでいる。

「夜分、恐れいります」

戸口に立って、中へ低く声をかけると、ほどなく障子戸ががらりと開いて、

「おう、音羽屋か」

と瀬川伊右衛門が姿を現した。藤兵衛は中の様子をうかがい見ながら、

「お嬢さまは、ご在宅で？」

「いや、知人と食事をするといって出かけた。遠慮はいらん。さ、中へ」

うながされて、藤兵衛は六畳の部屋に上がった。

部屋の中には、張りかけの傘や古骨《ふるぼね》の束、紙、糊皿《のりざら》、刷毛《はけ》などが散乱している。

「茶でも淹《い》れようか、それとも酒がよいか」

「いえ、すぐおいとまいたしますので、お構いなく」

「仕事か？」

伊右衛門が探るような目で訊いた。

「明日の夕方、千住宿までお運びいただきたいのですが」

「千住宿？」

「千住掃部宿の『山城屋《やましろ》』という旅籠屋《はたごや》で、大場さまがお待ちになっております」

「で、わしが斬る相手というのは？」

「それが、手前も存じませんで……」

「聞いておらんのか」

「はい。仔細は大場さまからお聞きくださいまし」

「ずいぶんと用心深いことだな」

伊右衛門が冷笑を浮かべていったが、藤兵衛はそれを聞き流し、

「これはほんの足代でございます」

と財布から小粒《こつぶ》を一個取り出して、伊右衛門の前に置くと、

「では、手前はこれで失礼させていただきます」

一礼して、そそくさと出ていった。

「千住か……」

ぼそりとつぶやき、伊右衛門は台所から貧乏徳利と小鉢を持ってきて、茶碗酒を呑みはじめた。小鉢の中身は昼の残りの野菜の煮物である。それを肴《さかな》に立てつづけに茶碗酒を三杯呑み干した。急速に酔いが廻る。伊右衛門は虚空《こくう》に酔眼を据えて、

「わしも落ちぶれたものだ」

と独語する。貧すれば鈍するとは、よくいったものだ。

金のために人を斬る。これほどさもしいことはあるまい。

（だが……）

自嘲《じちょう》の笑みを浮かべながら、伊右衛門は思い直す。

現実は冷酷である。きれいごとだけで飯は食えない。人間は金がなければ生きていけないのだ。妻の妙も金があれば死なずに済んだかもしれぬ。

世の中は金がすべてだ。金によって人間は生かされている。その金を稼ぐために伊右衛門は悪魔に魂《たましい》を売った。娘の八重のためにである。八重が仕合わせになれるなら、

(わしは地獄に堕ちてもいい)

とさえ思っている。

酔いが廻り、急に睡魔が襲ってきた。伊右衛門は畳の上にごろりと横になった。

たちまち高いびきをかいて眠りに落ちた。

どれほど眠っただろうか。背中にひんやりと夜気を感じて目が醒《さ》めた。

「あら、父上——」

三和土《たたき》に八重が立っている。

「おう、八重、帰ってきたか」

伊右衛門はむっくり起き上がった。

「うたた寝なんかしたら、風邪を引きますよ」

「お酒、召し上がっていたんですか」

「うむ」

「夕飯代わりにな」

「お茶でも淹れましょう」

「八重」

八重が振り向いた。髪に真新しい花かんざしが揺れている。

「そのかんざしはどうしたのだ？」

「慎之助さまに買ってもらったんです」

「ほう……。すると、神崎どのとはうまくいっているのだな」

「うまくって……、いつもと変わりませんよ」

八重は屈託《くったく》なく微笑《わら》った。

「そうか。……ところで」

と散らかった糊皿や刷毛を片づけながら、

「明日、わしは千住宿に行ってくる。たぶん泊まりになるだろう」

「何か急用でも？」

「いい仕事が見つかるかもしれんのだ」

「仕事って……？」

「いや、それは、その――」

伊右衛門は口ごもった。

「わたしにもいえないような仕事なんですか」

切り込むような口調で、八重が詰問する。

「い、いや、誤解されては困る。……ただ」

やや狼狽《ろうばい》しながら、

「どんな仕事なのか、わしにもまだわからんのだ」

「父上」

不安そうな顔で、八重は伊右衛門の前に腰を下ろした。

「父上がわたしのことを気づかってくれているのはわかります。でも、わたしはいまのままでも十分仕合わせなんです。お願いですから、もうこれ以上無理をなさらないでください」

「別に、わしは無理をしているわけではない。傘張りの稼ぎだけでは高がしれているのでな。少しでも金になる仕事が見つかればと……、それだけのことだ」

そういうと、伊右衛門は八重の視線から逃れるように立ち上がり、

「先に休ませてもらう」

と奥の寝間に去った。

四

千住宿は江戸日本橋から二里（約八キロ）、日光《にっこう》・奥州《おうしゅう》街道第一の宿駅である。

この宿場が人馬継ぎ立てに制定されたのは慶長《けいちょう》二年（一五九七）のことである。

当初、一丁目から五丁目までの町を千住本宿《ほんじゆく》としたが、万治《まんじ》元年（一六五八）には荒川堤《あらかわづつみ》にあった掃部宿、河原宿《かわはら》、橋戸宿《はしど》を加宿《かしゆく》とし、同三年にはさらに荒川南岸の小塚原《こづかっぱら》町、中村《なかむら》町を加えて、その九カ町を総称して千住宿と称した。

町並み、南北二十二町十九間余（約二千四百メートル）。

家数千二百二十九軒、人口二千四百五人。

本陣と脇本陣が各一軒、平《ひら》旅籠は百四十一軒、飯盛《めしもり》旅籠は八十二軒あった。

江戸四宿《ししゆく》の中でも、もっとも人口の多い宿場である。

宿場の中心街は、一丁目から三丁目まで、通りの両側には飯盛旅籠や飲食を商う小店が櫛比《しっぴ》している。物の書に、

〈この浄土《じょうど》、髪衣裳《かみいしょう》は吉原の河岸《かし》を真似《まね》る〉

とあるように、千住宿の飯盛女（女郎）は吉原の河岸見世の遊女を真似ていたという。

女郎の揚げ代は一晩四百文。吉原の遊女よりはるかに安く、人足や職人などが安直に遊べる場所として人気を集めていた。

夕暮れどきともなると、街道を上り下りする旅人や、江戸市中から遊びにきた男たちで宿場通りは大混雑する。

飯盛旅籠の朱塗りの千本格子の前には、女郎の品定めをする男たちが、黒山のように群がり、あちこちの窓からは、酔客のけたたましい哄笑《こうしょう》や女の嬌声《きょうせい》、がなり立てるような弦歌が絶え間なくひびいてくる。

そんな賑わいとは無縁のように、編笠をまぶかにかぶり、無紋の黒羽織に裾細の軽衫をはいた長身の浪人が、人混みの中を黙々と歩いてゆく。千坂唐十郎である。

唐十郎が江戸を発ったのは、八ツ半（午後三時）ごろだった。

丈吉の猪牙舟《ちょきぶね》で大川をさかのぼってきたのだが、あいにくの向かい風で思ったより舟脚が伸びず、つい今し方、千住大橋の船着場に着いたばかりだった。丈吉はそのまま江戸に引き返した。

唐十郎の目的は、むろん大場一味の新たな拠点を捜すことである。

小名木川の舟饅頭《ふなまんじゆう》の女の話によれば、あの晩、深川八右衛門河岸から荷足船に荷を積み込んでいたのは七、八人の男だったという。それだけの人数が、人目を避けて住み暮らす場所となると、考えられるのは一つしかなかった。

千住近在の廃寺である。無住の廃寺なら人が近づく恐れもないし、盒薬の密造に必要な広さも十分ある。隠れ家としては打ってつけであろう。

「ご浪人さん、遊んでいきませんか」

「いい妓《こ》がいますよ」

飯盛旅籠の遣《や》り手婆《てばばあ》や客引きがひっきりなしに声をかけてくる。

唐十郎はそれを無視して足早に盛り場の雑踏を抜けた。

宿場通りを北に向かうにつれて、町明かりも人の流れも次第にまばらになってくる。

唐十郎は、とある煮売屋の前で足を止め、編笠をはずして中に入った。

五、六坪ほどの小さな店である。

柱にかけられた網雪洞《あみぼんぼり》が、店の中に仄暗《ほのぐら》い明かりを散らしている。

客の姿はなく、奥の暗がりで所在なげに煙管《きせる》をくゆらしていた五十なかばと見える店の亭主が、入ってきた唐十郎にうろんな目を向けながら、

「いらっしゃいまし」

と大儀そうに腰を上げた。

唐十郎は戸口近くの席に腰を下ろし、冷や酒二本を注文した。

ほどなく亭主が徳利二本と突き出しの小鉢を盆にのせて運んできた。

「少々訊《たず》ねたいことがあるのだが」

「へい」

「この宿場の近くに、無住の廃寺はないか?」

「廃寺ですか。……さァ」

亭主は小首をかしげた。

「このへんの寺といえば、慈眼寺《じがんじ》か不動院《ふどういん》ぐらいのもんでしてねえ。……廃寺なんて、見たことも聞いたこともありませんよ」

「そうか」

亭主はこの土地の人間らしい。店の造りもかなり古い。長年この場所で煮売屋を商っているとすれば、地元の事情に精通しているに違いない。その亭主が知らないというのだから、信じてもいいだろう。

そこへ、問屋場《といやば》の伝馬人足らしき薄汚れた男が三人、ずかずかと足を踏み鳴らして入ってきた。唐十郎はそれ以上訊くのをやめて、手酌で酒を呑みはじめた。

三人の男たちは奥の席に腰を据えると、運ばれてきた酒を酌み交わしながら、傍若無人《ぼうじやくぶじん》に大声でしゃべりはじめた。

そんな様子を苦々しく見やりながら、二本目の徳利に手をつけたときである。

ふいに唐十郎の目が鋭く動いた。

無双窓《むそうまど》の外に二人の浪人の姿がよぎったのである。

その一人に見覚えがあった。八重の父親・瀬川伊右衛門である。唐十郎は知らなかったが、もう一人の浪人者は大場稲次郎であった。

(瀬川どのが、なぜ千住に……?)

傘張りを手内職にしている瀬川伊右衛門が、わざわざ江戸市中から千住くんだりまで遊びにくるとは思えなかった。それに連れの浪人者の素性も気になった。

唐十郎は卓の上に酒代を置いて、素早く店を出た。が、次の瞬間、

（おや？）

と立ちすくんだ。二人の姿が忽然《こつぜん》と消えている。

次の路地を曲がったのかもしれぬ。そう思って路地に飛び込んだが、そこにも二人の姿はなかった。路地の奥の闇には、さらに細い路地が迷路のように入り組んでいる。

このときすでに、伊右衛門と大場稲次郎は、その迷路を抜けて宿場の北はずれに向かっていたのである。

千住五丁目を抜けると、その先にはもう明かりはなく、闇の彼方に白い道が真っ直ぐ北に向かってどこまでもつづいている。

棒鼻《ぼうばな》（宿場はずれの傍示杭《ぼうじくい》）の近くに、

〈みと・さくらみち〉

と記された道標が立っており、右に曲がる広い道があった。

千住から松戸《まつど》を経由して、水戸と下総佐倉《さくら》に分岐する水戸佐倉街道である。

この街道は道幅が三間（約五・四メートル）あり、水戸徳川家をはじめとする二十以上の大名が参勤交代で往来するという。

道標の手前の木立の中に、朽《く》ちた閻魔堂《えんまどう》が建っている。

先を歩いていた大場が振り返り、

「ここで待とう」

と伊右衛門を閻魔堂の横にうながした。

「相手は何者でござる？」

堂の板壁に体を張りつけるようにして、伊右衛門が訊いた。

「仔細は明かせぬが、さる藩の……」

「侍？ ……侍を斬れと？」

「相手は一人、瀬川どのの腕なら造作もなかろう」

「で、その侍はこの街道を」

「つい先ほど仲間から知らせがあった。もうそろそろ現れるころだ」

伊右衛門は、物問いたげに大場の顔を見たが、訊いても無駄だと悟り、むっつりと口をつぐんでしまった。

街道脇の草むらで虫がしきりに鳴いている。

月のない夜で、降るような星明かりが水戸佐倉街道を青白く照らし出している。

と、ふいに虫の音がやみ、闇の奥に忽然と人影が浮かび上がった。

「あれだ」

大場が低くいった。

伊右衛門は刀の柄頭《つかがしら》に右手をかけ、息を詰めて人影を凝視した。

ひたひたと足音が接近し、降り注ぐ星明かりの中に、人影の風体がくっきりと浮かび立った。塗笠に鉄紺《てっこん》色の袖《そで》無し羽織、裁着袴《たっつけばかま》、草鞋《わらじ》ばきの屈強の武士である。

伊右衛門は、肩で一つ大きく息をつくと、右手を刀の柄にかけたまま、意を決するように閻魔堂の陰から街道に歩を踏み出した。

武士は一瞬驚いたように足を止め、塗笠の下から鋭い眼光を放ちながら、

「何者だ？」

と、くぐもった声で誰何した。伊右衛門は無言、二歩三歩ゆっくり歩み寄る。

「鮫島の手の者か！」

叫ぶなり、武士は刀を抜き放って正眼に構えた。

伊右衛門も抜いた。剣尖を下げ、地摺《じず》りの構えである。間合いはおよそ二間。

少時、無言の対峙《たいじ》がつづいた。

先に動いたのは、武士のほうだった。正眼に構えた刀を、やや上に向けながらじりじりと足を擦って、伊右衛門の右に廻り込んでゆく。

その動きに合わせて、伊右衛門も寸きざみで間合いを詰めてゆく。

武士の右足《うそく》が一足一刀《いっそくいっとう》の間境《まざかい》を越えた——と見た瞬間、

（はっ！）

無声の気合を発して、伊右衛門が斬り込んだ。右下段からの斜《はす》太刀である。

きーん！

鏘然《そうぜん》と鋼の音がひびき、闇に火花が散った。

伊右衛門の斜太刀を、武士が刀の峰で受け、上から押さえ込んだのだ。

が、次の刹那《せつな》……、
伊右衛門はくるっと手首を返し、刀身を相手の刀にからみつけるようにして押し上げると、鎬《しのぎ》をぴたりと合わせたまま、一気に武士の内ぶところに踏み込んでいった。

「むう……！」

武士は渾身《こんしん》の力で押し返すが、刀は離れない。

数瞬の鍔《つば》競《ぜ》り合いのあと、武士がさっと刀を引いた。すかさず伊右衛門が踏み込んでゆく。まるで磁石《じしゃく》に吸いつけられたように二本の刀は離れなかった。

これは馬庭念流の「そくい付け」という刀法である。

『念流兵法心得』には、

〈敵の太刀より我が太刀、速からず遅からず、張り抜きの茶筒《ちゃづつ》の蓋《ふた》をするが如く、少しも障《さわ》りなく這入《はい》るが如し〉

とある。

茶筒の蓋のように奥ふところへすっぽりと入り込み、相手の力に合わせて押し込んでいく。相手が押してくれば引き、引けば押し返し、上げれば上げ、下げればまた下げて、常に力を拮抗《きっこう》させることによって相手の太刀を殺す。

これが馬庭念流の極意「そくい付け」である。

「そくい」とは飯つぶで作った糊、すなわち続飯《そくい》のことをいい、一度くっついたら容易に剝《は》がれないことから、その名がついたという。

「う、うう……」

塗笠の下から、武士の荒い息づかいが洩れた。

その一瞬の隙《すき》を、伊右衛門は見逃さなかった。踏み込むと見せかけてパッと跳び下がったのである。意表を突かれた武士は、二、三歩前にのめった。

そこへ左下段から右上へ、紫電《しでん》の逆袈裟を送りつけると、さすがに武士はこれをかわし切れず、声にならぬ叫びを上げて、街道脇の草むらに転げ落ちていった。

伊右衛門の息がわずかに乱れている。血刀を下げたまま草むらに目をやった。

武士は倒れ伏したまま、ぴくりとも動かない。

閻魔堂の陰から、大場稲次郎が姿を現した。

「人目につくとまずい。さ、まいろう」

五

入り組んだ路地を抜けたところで、千坂唐十郎はふと歩度をゆるめた。

前方から提灯《ちょうちん》を下げた小柄な男がやってくる。

腰に拍子木《ひょうしぎ》をぶら下げているところを見ると、どうやら問屋場の夜廻りらしい。

「少々、ものを訊ねるが――」

「へい」

男が足を止めた。五十年配の気の好さそうな老爺《ろうや》である。

「この近くで、二人の浪人者を見かけなかったか」

「ああ、見かけやしたよ。北の棒鼻のほうに向かっておりやした」

「そうか。すまぬ」

軽く頭を下げて、唐十郎は足早に立ち去った。

ほどなく街道に出た。闇の奥にまばらな灯影《ほかげ》が揺れている。やがてその明かりも途絶えて、街道は蒼《あお》い闇に閉ざされた。

闇に目が慣れるにしたがって、星明かりに照らし出された街道沿いの景色が、おぼろげに見えてきた。半丁ほど先に棒鼻が立っている。

唐十郎は棒鼻の前で足を止め、用心深く四辺の闇を見渡した。

つい先ほど、この場所で激烈な死闘が展開されていたのが嘘《うそ》のように、あたりはひっそりと静まり返り、虫の鳴き声だけがやけに大きく聞こえてくる。

と、そのとき、唐十郎はかすかなうめき声を聞いた。

耳を澄ませると、うめき声は水戸佐倉街道脇の閻魔堂から聞こえてくる。

刀の柄に手をかけ、油断なく閻魔堂に歩み寄った。次の瞬間、唐十郎の目に飛び込んできたのは、血まみれで倒れ伏している武士の姿だった。

「どうした！」

駆け寄って声をかけた。塗笠の下で、武士がかすかに半眼を開いた。

歳のころは二十八、九。色の浅黒い、精悍《せいかん》な面立ちをしている。

「しっかりしろ」

「き、貴殿は……」

聞き取れぬほど細い声が返ってきた。

「通りすがりの者だ。千坂唐十郎と申す。お手前は？」

「尾張藩徒目付……、長尾《ながお》……、長尾辰之進《たつのしん》……」

「尾張藩？　誰に斬られたのだ」

「もと宗春公付きの近習頭……、鮫島外記の手の者……」

はじめて聞く名だったが、唐十郎にはすぐにぴんときた。これまでの経緯から見て、その鮫島という男が一味の首領に違いない。

「さ、鮫島一味は……、幕府を相手に事を構えようと……」

「幕府を相手に？」

「も、もし、それが幕府に知れたら……、尾張……、尾張六十二万石は……、改易《かいえき》の憂《う》き目に……」

「一味の陰で糸を引いているのは、宗春公か？」

「い、いや、宗春公は何も知らぬはず」

長尾辰之進と名乗った武士は、強く首を振り、

「さ、鮫島が……、独断で……」

しぼり出すような声でそういうと、ガッと血反吐《へど》を吐いて絶命した。

唐十郎は、あらためて長尾の死体に目をやった。

右脇腹から左胸にかけて、ざっくり切り裂かれている。白い肋骨《あばらぼね》がのぞくほど深い傷である。左からの逆袈裟であることは一目瞭然だった。その傷口から見て、

（かなりの遣い手）

であることがわかる。

長尾の死体に手を合わせると、唐十郎は背を返して足早にその場を去った。

（案の定だ）

唐十郎の推理どおり、大場一味は謀叛を企てていたのである。

万一、そのことが幕府の耳に聞こえたら、長尾のいうとおり、尾張六十二万石は取りつぶしの憂き目にあうだろう。尾張藩はそれを未然に阻止するために、江

戸藩邸の徒目付を市中に放ち、鮫島一味の行方を追っていたのだ。

深川八右衛門新田の廃寺『円蔵寺』の裏境内で殺されていた謎の武士も、一味の動きを内偵していた徒目付の一人だったに違いない。

ただ一つ残念なのは、長尾から一味の根城を聞き出せなかったことである。

もっとも長尾がその場所を突き止めていたかどうかは定かでないが、少なくとも、一味の拠点が千住近辺にあることだけは、これではっきりした。

（それにしても……）

唐十郎の脳裏にふっと別の疑念がよぎった。

瀬川伊右衛門と連れの浪人者の行方である。

（まさか、あの二人が長尾辰之進を……）

二人が向かったのは宿場はずれの棒鼻である。そこで長尾辰之進は殺されていた。この二つの事実を考え合わせると、二人への疑いは否定できなかった。

同じころ——。
千住掃部宿の旅籠『山城屋』の一室で、大場稲次郎と瀬川伊右衛門が酒を酌み交わしていた。伊右衛門の暗い表情とは対照的に、大場はしごく上機嫌である。

「あいかわらず、見事なお手並み、感服つかまつった」

「いや、いや」

猪口を口に運びながら、伊右衛門はかぶりを振った。

「あの侍も、なかなかの腕でござった」

「いまだから申すが――」

大場が一段と声を落とし、

「あれは、尾張藩の徒目付でござる」

「ほう」

意外そうに伊右衛門は目をしばたたかせた。

「瀬川どのは信用できる。そろそろ本当のことを打ち明け申そう」

「…………」

伊右衛門は手を止めて、じっと見つめている。

「我らの主君は、尾張先代藩主の宗春公でござる」

「宗春公？　と申すと、五年前に蟄居のご沙汰を受けた――」

「さよう。齢《よわい》四十九になられるいまも、宗春公は名古屋城三の丸の屋敷で不自由な幽閉生活を送られている」

「………」

「我らは主君の無念と遺恨を晴らすために、この六月に藩を致仕して尾張を出奔《しゅっぽん》した。その目的は一つ――」

と言葉を切って、大場はぐっと身を乗り出した。

「吉宗公を弑《しい》することでござる」

「将軍を！」

伊右衛門は瞠目《どうもく》した。弑するとは、つまり暗殺することである。

「宗春公に沙汰が下された折り」

大場があいかわらず低い声で、淡々とつづける。

「吉宗公は尾張家の宿老《しゅくろう》にこう申し渡したそうだ。宗春公の蟄居は未来永劫《えいごう》解かぬ、死んだのちも、その墓に鎖《くさり》をかけよ、と……」

「………」

「それほどに吉宗公の怨念は深いのだ」

一説によると、処分決定のさい、尾張の五大老に下された申し渡し書には、

〈将軍呪詛《じゅそ》〉

という表現が使われていたともいわれている。

呪詛とは怨みに思う相手に災いが起こるよう、神仏に願《がん》をかけることである。

それにしても「将軍呪詛」とは凄《すさ》まじい。吉宗の宗春に対する鬱屈《うっくつ》した怒りが、その四文字に込められていたのであろう。

吉宗のそうした根深い怨念から宗春を解き放つには、吉宗を亡き者にするしか法はないと、大場はいい、さらにこう付け加えた。

「宗春公の蟄居謹慎が解けて、ふたたび尾張家の当主の座に返り咲いたあかつきには、貴殿にもそれなりの処遇を用意するつもりでござる」

「尾張家に召し抱えてくれると……?」

「いかにも」

「悪い話ではござらんな」

伊右衛門は薄笑いを浮かべていったが、なかばその言葉は本音だった。

第五章　対決

一

月が代わって、九月。

白い霧雨《きりさめ》がけむるように降っている。

千坂唐十郎は、居間の畳の上にごろりと横になって、ぼんやり庭をながめていた。

雨に濡《ぬ》れた楓《かえで》の葉が、うっすらと色づきはじめている。

いつになく、唐十郎は疲れた顔をしていた。

千住宿には三日ほど滞在し、今朝方、江戸にもどってきたばかりである。

その三日間、宿場近辺はもとより、水戸街道の新宿《にいじゆく》や、奥州街道の草加《そうか》宿まで足を延ばしてみたが、一味の根城となりそうな廃寺や廃屋は見つからなかった。

（手詰まり）

の感が深い。ほかに一味を捜し出す手がかりは何もないのだ。

こうして無聊《ぶりよう》をかこっているあいだにも、一味の計画は着々と進行しているだろう。

それを思うと腸《はらわた》をかきむしりたくなるような焦燥感が込み上げてくる。

正直なところ、鮫島外記や大場稲次郎たちが何を企《くわだ》てようと、唐十郎には関わりのないことであった。事は、尾張家と将軍家の争いである。

一味の企てが成功しようと失敗しようと、将軍吉宗が暗殺されようとされまいと、唐十郎の知ったことではなかった。

だが、一味が事を起こせば、江戸は確実に火の海となる。そして何千、何万という罪のない人々が犠牲になる。それだけは座視できなかった。

（そうか）

ふと思い立ったように、唐十郎は体を起こした。

尾張藩徒目付《かちめつけ》・長尾辰之進を斬殺《ざんさつ》したのは、瀬川伊右衛門と連れの浪人ではないかという疑いが、唐十郎の胸底からまだ消えていなかった。

（よし）

と意を決するように立ち上がり、唐十郎は身支度をととのえはじめた。瀬川伊右衛門に会って、直接その疑念を突きつけてみようと思ったのである。

傘をさして家を出た。

霧雨は小粒《こつぶ》の雨に変わっていた。

蕭々《しょうしょう》と人の心にしみ入るような冷たい秋雨である。

神田多町の路地を抜けて、連雀町の辻角に出たとき、前方から紫紺《しこん》の蛇の目傘をさして足早にやってくる女の姿を見て、唐十郎ははたと足を止めた。

「八重さん……」

女も足を止めて、蛇の目傘の下からけげんそうに見返った。

瀬川伊右衛門の娘・八重である。

薄化粧をほどこしたその顔は、息を呑《の》むほど美しい。

一瞬、唐十郎の脳裏《のうり》に、雨に濡れて庭の片すみにひっそりと咲く桔梗《ききょう》の花がよぎった。

「千坂さま……、先日はどうも」

ぎこちない笑みを浮かべて、八重は頭を下げた。

「お父上はご在宅かな?」

「いえ、つい今し方、出かけましたけど」

「ご帰宅は」

「遅くなると申しておりました」

「そうですか。では、また日をあらためて」

一礼して、立ち去ろうとするのへ、

「父に何か？」

八重がいぶかるように訊《き》いた。

「いや、別に……。もしお暇なら、この近くで一献酌み交わそうかと……」

「ご厚志ありがとう存じます。あいにく今日は留守をしておりますが、またぜひ、おさそいくださいませ」

丁重に礼をいう八重に、

「ごめん」

と一揖《いちゆう》して、唐十郎は背を返した。

（未練な）

歩きながら、唐十郎は自嘲《じちょう》の笑みを浮かべた。八重に会うたびに亡き許嫁《いいなずけ》・登勢の面影《おもかげ》がまぶたをよぎり、切ないほど胸が熱くなる。そんな唐十郎の未練心をあざ笑うかのように、急に傘を叩《たた》く雨粒の音が高まってきた。

雨足が強まり、みるみる篠《しの》つくような烈《はげ》しい雨になった。

唐十郎はあわてて近くの蕎麦《そば》屋に駆け込んだ。中には客が三、四人いた。彼らも雨宿りのために飛び込んだのだろう。濡れた体で蕎麦をすすっている。

窓ぎわの席に腰を下ろし、燗酒《かんざけ》一本と蕎麦がきを注文した。

窓の庇《ひさし》から音を立てて雨水が流れ落ちている。

空は黒雲におおわれ、表は夕暮れのように昏《くら》い。

店の亭主が掛け行燈《あんどん》に灯《ひ》を入れた。店内がほんのりと明るくなる。

唐十郎は窓の外の雨景色をぼんやりながめながら、蕎麦がきを肴《さかな》に徳利の燗酒をちびりちびり呑みはじめた。

四半刻もすると、上空をおおっていた黒雲が急速に流れ、西の空がかすかに明るんできた。雨も小降りになり、蕎麦を食べおえた客たちが一人、また一人と店を出てゆく。

唐十郎も最後の一杯を呑み干し、代金を卓の上に置いて店を出た。

雨は、もうほとんどやんでいる。

すぼめた傘の水滴を払い落として右手に下げ、須田《すだ》町の大通りに出た。

馬喰町三丁目の重蔵の付木屋《つけぎ》に立ち寄ってみようと思ったのである。

雲の切れ間から薄陽が差し込み、道のあちこちにできた水たまりがきらきらと耀いている。それを避けようとして右に寄ったとき、唐十郎の左脇を足早に通り過ぎてゆく浪人者がいた。その瞬間、

（……！）

唐十郎の足が釘付《くぎづ》けとなった。浪人者は三日前の晩、千住宿の宿場通りを瀬川伊右衛門と連れ立って歩いていた、あの男（大場稲次郎）だった。

唐十郎は何食わぬ顔で大場のあとを跟《つ》けはじめた。

雲が飛ぶように流れ、見るまに青空が広がってゆく。陽差しが回復するにつれて、人の往来も増えてきた。

大場稲次郎は、大通りを南に向かって歩いている。往来の人混みに見え隠れするそのうしろ姿を目で追いながら、唐十郎はつかず離れず尾行をつづけた。

やがて大場は、今川橋《いまがわ》の北詰を左に曲がった。

そこから神田堀に沿って東に道が延びている。この界隈《かいわい》は、神田上水を開削した大久保主水《おおくぼもんど》の屋敷があったところから、主水河岸《がし》と呼ばれている。

今川橋から東へ半丁ほど行ったところで、大場はとある網代門《あじろ》をくぐっていっ

た。唐十郎は小走りに駆け寄って、門の前に立った。

門柱の角行燈に『松月《しょうげつ》』とあり、奥に小粋な格子戸《こうしど》が見えた。

数寄《すき》をこらした店の造りから見て、どうやら料理茶屋のようである。

唐十郎は素早く身をひるがえし、堀端の柳《やなぎ》の木の下に身を隠して『松月』の様子をうかがった。


「ひどい降りでしたな」

入ってきた大場に声をかけたのは、瀬川伊右衛門だった。

『松月』の二階座敷である。そこには酒肴《しゅこう》の膳部《ぜんぶ》が二つ用意され、先着の伊右衛門は手酌でやっていたところだった。

「途中で雨宿りをしていたので、遅くなり申した」

「ささ、どうぞ」

伊右衛門が銚子《ちょうし》を差し出すと、大場はそれを手で制して、

「まずいことになった。河岸を変えよう」

「え？」

「どうやら跟けられたようでござる」

「跟けられた？　誰に……」

それには応えず、大場は障子窓を細めに開けて、堀端通りを見下ろし、

「やはり、あの男――」

と、うめくようにいった。その視線の先に、堀端の柳の木の下に身をひそめて、じっとこちらの様子をうかがっている唐十郎の姿があった。大場の肩越しにそれを見た伊右衛門が、あっと小さな声を発した。

「瀬川どの、あの男をご存じなのか」

大場がけげんそうに訊いた。伊右衛門は戸惑うように視線を泳がせ、

「手前の長屋の近くに住む、……美濃浪人でござる」

「美濃浪人？」

「名は確か、千坂……、千坂唐十郎とか……」

「しかし、なぜ、わしのあとを？」

険しい顔でつぶやきながら、大場は窓の障子を閉め、膳部の前に座り直した。

伊右衛門もしきりに首をひねっている。

「ひょっとすると……」

大場が独語するようにいった。

「藩邸に雇われた浪人者かもしれんな」

「藩邸に？」

「江戸詰めの徒目付は四人。そのうちの一人は、先夜、千住宿で貴殿に斬《き》られ、もう一人は我々がすでに始末した。残るのはあと二人……」

その手不足を補うために、市中の浪人者を金で雇い入れたのではないか、と大場は推論した。

「なるほど……」

伊右衛門も大場一味に雇われた身である。藩邸側が同じ手段を講じたとしても、何の不思議もないだろう。

「いずれにしても、ただの素浪人ではあるまい。……瀬川どの」

大場が鋭い目を向けていった。

「これで貴殿の仕事が、また一つ増えたな」

伊右衛門はハッと見返した。大場の顔に酷薄な笑みが浮かんでいる。

「あの男を斬れ、と……？」

大場稲次郎が『松月』の網代門をくぐってから、四半刻が過ぎようとしていた。

唐十郎は堀端の柳の木の下に身をひそめたまま、身じろぎもせずに門の奥の格子戸に視線を注いでいる。

と……、

『松月』の格子戸がからりと開いて、賄《まかな》いらしき小肥りの中年女が出てきた。買い物にでも行くのか、両手に大きな籠《かご》を抱えている。

唐十郎は柳の木の下から歩を踏み出し、女のあとを追った。

「訊《たず》ねたいことがあるのだが」

唐十郎が声をかけると、女は驚いたように足を止めて振り返った。

「何か?」

「四半刻ほど前に、浪人者が座敷に上がったはずだが」

「ああ、大場さまのことでございますね」

「大場!」

一瞬、唐十郎は息を呑んだ。

「もしや、大場稲次郎では……」

「はい。でも、もういらっしゃいませんよ」

「いない？」

「急用ができたらしく、お連れのご浪人さんとすぐに裏口から出て行かれました」

それを聞いた瞬間、唐十郎は直観的に、

（やられた）

と思った。大場は尾行に勘づいていたのだ。

「もう少しくわしいことを訊きたいのだが……」

気を取り直して、女に一朱銀を手渡した。

「大場は、あの店によく来るのか」

「二、三度、お見えになったことがあります」

「連れの浪人の名は？」

「さァ、はじめてのお客さんなので、お名前までは――」

そういうと、女は落ちつかぬ様子であたりを見廻し、

「急ぎますので」

といって、ぺこりと頭を下げ、せかせかと立ち去った。

（迂闊《うかつ》だった）

唐十郎は胸のうちで苦々しくつぶやいた。

何よりも大場稲次郎に面体《めんてい》を知られたことが悔やまれた。そして、大場と瀬川伊右衛門が仲間だったという事実が、唐十郎の心を重くした。

二

空が急に暗くなり、またぽつりぽつりと雨粒が落ちてきた。

紫紺の蛇の目傘を差した女がひとり、不忍池の畔《ほとり》にぽつんと佇《たたず》んで、蓮《はす》の葉におおわれた池面をぼんやりながめていた。

瀬川伊右衛門の娘・八重である。

降りけむる雨の向こうに中之島が見える。中之島には、日本五弁天の一つである琵琶湖《びわこ》の竹生島《ちくぶしま》弁天を模して勧進《かんじん》建造された弁財天がある。

寛文《かんぶん》時代（一六六一～七三）、中之島は陸地から離れた島になっていて、参詣《さんけい》の人々は舟で渡っていたのだが、のちに橋が架けられて陸つづきとなった。島には参詣《さんけい》人や行楽客相手の茶屋があり、そこで出される蓮飯《はすめし》が名物となっていた。

「八重……」

ふいに背後から男の声がかかった。

振り向くと、年若い武士が傘も差さずに歩み寄ってきた。

神崎慎之助である。雨に降られて、肩のあたりがびっしょり濡れている。

「慎之助さま」

駆け寄って、八重が蛇の目傘を差し出した。

「傘をお持ちにならなかったのですか」

「屋敷を出るときは、やんでいたのでな」

「お風邪を召《め》します。どうぞ、お入りください」

「うむ」

二人は相傘《あいがさ》で歩きはじめた。

「待ったのか」

「いえ、わたくしもつい先ほど——」

「あの茶屋に入ろうか」

慎之助がうながしたのは、中之島の橋の手前に建っている茶屋だった。

〈忍ばずといえど忍ぶにいいところ〉

〈池の蓮望み叶《かな》えば帯を解き〉

などと川柳《せんりゅう》に詠まれているように、不忍池周辺に蝟集《いしゅう》する茶屋のほとんどは、出合茶屋であった。出合茶屋とは男女の密会場所、すなわち現代のラブホテルである。

二人が足を踏み入れた『如月《きさらぎ》』という茶屋もその一軒だった。

中之島の周辺は土地の地盤が弱く、出合茶屋の大半は平屋造りだったが、『如月』は中二階造りになっており、建物の一部が池に張り出していた。

二人が通されたのはその座敷だった。

席料は一分、ほかに料理代を払うと「小付《こづけ》」と称する酒肴の膳が出される。

池面に張り出した座敷の窓からは、雨にけむる不忍池と池畔の雑木林、上野東《とう》叡《えい》山の山容などが一望できた。水墨《すいぼく》画のように幽玄《ゆうげん》で美しい景観である。

「まァ、きれい」

窓の欄干《らんかん》から身を乗り出すようにして、八重が感嘆の声を上げた。

「八重」

慎之助が背後に歩み寄り、

「さ、きなさい」

と隣室にさそった。四畳半の部屋である。そこには艶《なま》めかしい緋緞子《ひどんす》の夜具が敷きのべられ、枕辺に置かれた丸行燈が淡い紅色の明かりを灯していた。

それを見て八重は、はじめてこの茶屋がそういう場所であることを知った。

「あ、あの……」

恥ずかしそうに頰《ほお》を赤らめる八重の手を取って、慎之助は強引に隣室に連れ込んだ。

「わ、わたくし、そんなつもりで……」

「子供ではあるまいし、いまさら何をいうのだ」

叱りつけるような口調でそういうと、慎之助はいきなり八重を抱きすくめ、夜具の上に押し倒して口を吸った。八重の髪からぽとりとかんざしが落ちた。先日、慎之助に買ってもらった花かんざしである。

八重は困惑しながらも、慎之助のなすがままになっている。

「おれは……、おまえが好きだ。……おまえが欲しい」

慎之助があえぐようにいう。

「慎之助さま……、ああ……」

八重は狂おしげに身をくねらせた。慎之助の手が手早く帯を解く。

着物の前がはだけ、白い胸乳《むなぢ》が露出した。着物の上からは想像もつかぬほど、むっちりと張りのある豊かな乳房である。

そのふくらみをわしづかみにして、慎之助は乳首を吸った。

「ああ、もう……」

「もう？　どうした？」

応えはない。

八重は固く目を閉じたまま、かすかにあえいでいる。

慎之助は上体を起こして、八重の着物を脱がせはじめた。羞恥《しゅうち》のために八重の体は硬直している。長襦袢《ながじゅばん》を脱がせようとすると、ふいに八重がその手を押さえ、

「お願いです。……明かりを消してください」

「恥ずかしいのか」

八重がこくりとうなずいた。

「おまえの体が見たいのだ」

そういうと、慎之助は荒々しく長襦袢を剝《は》ぎ取り、腰の物も引き剝いだ。

一糸まとわぬ全裸である。豊かな乳房、くびれた腰、張りのある太股《ふともも》、すんなり伸びた下肢、象牙《ぞうげ》のように艶《つや》やかな肌——犯しがたいほど美しい裸身だ。

「きれいだ。……きれいな体だ」

つぶやきながら、八重の裸身に舐《な》めるような視線を這《は》わせた。

八重は固く目を閉じたまま、羞恥に耐えている。

慎之助の手が乳房から腹へ、腹から股間《こかん》の丘へと滑ってゆく。指先がはざまの秘毛を分け入って、切れ込みに触れた。女の一番敏感な部分である。

「あっ」

と八重の口から小さな叫びが洩《も》れた。慎之助の指が秘孔に入ったのだ。

中は熱かった。濡れた肉襞《にくひだ》がおののくように震えている。

指で秘孔を愛撫《あいぶ》しながら、慎之助は一方の手でもどかしげに自分の着物を脱いだ。引き締まった体をしているが、肌は女のように白い。

下帯もはずした。一物はすでに怒張している。

「起きなさい」

慎之助がいった。命令口調である。

いわれるまま、八重は上体を起こして、夜具の上に正座した。その前に慎之助が仁王立ちした。八重の眼前に屹立《きつりつ》した一物がある。目のやりばに困り、八重が顔をそむけようとすると、慎之助がその頭を手で押さえ、

「さ、これを……」

怒張した一物を八重の口元に押しつけた。八重にはその意味がわからなかった。

「くわえるのだ」

いいざま、一物を八重の口の中に押し込んだ。

「う、うう……」

苦しそうに八重はかぶりを振った。

それを押さえつけるようにして、慎之助は烈しく腰を振った。

八重の口の中で、淫靡《いんび》な音を立てて一物が出入りをくり返す。慎之助の腰の動きが速くなる。体の深部から激烈な快感がこみ上げてきた。

「い、いかん!」

あわてて引き抜いた。反動で八重は仰向《あおむ》けに夜具の上に倒れた。

「今度はおまえを楽しませてやる」

いいながら八重の足元にひざまずくと、慎之助は八重の両膝《ひざ》を立たせて、そのあいだに腰を入れ、両足首をつかんで高々と担ぎ上げた。

八重の尻が浮き上がり、秘所があらわにさらけ出された。

薄桃色の切れ込みがぬめぬめと光っている。そこに一物の尖端をあてがい、筋目に沿って上下になでつける。そして一気に突き差した。

「あっ」

と叫んで、八重はのけぞった。一物が根元まで埋没している。

八重の両足を肩にかけ、のしかかるようにして慎之助は腰を律動させた。

「あ、ああ……」

絶え入るような声を発しながら、いつしか八重も無意識裡に尻を振っていた。

慎之助の腰の動きは一時も止まらない。これでもかこれでもかと責め立てる。

「どうだ？　よいか。……気持ち、よいか」

「あ、あ、ああ！」

八重は髪を振り乱し、あられもなく喜悦の声を上げた。

下腹を密着させたまま、慎之助は八重の両足を肩から下ろし、八重の上におおいかぶさった。腰を律動させながら乳房を口にふくみ、乳首を軽く嚙《か》む。

「あ、それは……！」

と八重が首を振る。

「いやか？」

「い、いえ……、ああ……」

「よいのだな」

「は、はい」

「よし」

乳首を嚙みながら、ずんずん突き上げる。

「ああ、だ、だめ……、いきます!」

八重の上体がそり返った。四肢がひくひくと痙攣《けいれん》している。

「お、おれも……、果てる!」

八重の中で熱いものが炸裂《さくれつ》した。

同時に慎之助は八重の体の上でぐったりと弛緩《しかん》した。下腹はつながったままである。

「ふう……」

大きく吐息をついて、慎之助が体を横転させると、八重の中に埋没していた一物がつるりと抜けた。八重は仰臥《ぎょうが》したまま虚脱したように宙の一点を見つめている。

「八重」

慎之助が首を廻して、横に寝ている八重の顔を見た。

「よかったぞ」

「わたくしも……」

ささやくような声で、八重が応えた。

「天にも昇るような気持ちでした」

「そうか。それはよかった」

慎之助の顔に笑みが広がった。

八重はふいに体を起こすと、大胆にも慎之助の股間に手を伸ばし、萎《な》えた一物を指でつまんで、いとおしげに愛撫しはじめた。

「わたくし、……もう慎之助さまから離れたくありません」

「…………」

「このまま、ずっとおそばにいとうございます」

「できれば、おれもそうしたい。……だが」

「…………」

息を詰めて、八重は次の言葉を待った。

「そうはいかんのだ」

「なぜ？　……なぜでございますか」

「武家の社会には、見栄《みえ》や格式、体裁《ていさい》、しきたりといった厄介《やっかい》なものがあってな」

「でも……」

と悲しそうに八重は目を伏せて、

「慎之助さまはご次男なので、そのようなことにはいっさい関わりないと」

「つい数日前まで、おれもそう思っていた。だが事情が変わったのだ」

「事情って？」

のぞき込むように慎之助の顔を見た。右手はあいかわらず慎之助の萎えた一物を愛撫している。その手を払いのけるようにして、慎之助は立ち上がった。

「お帰りになるのですか」

「うむ。今夜、屋敷に来客があるのだ」

そういうと、慎之助は手早く衣服を身につけはじめた。

「はっきりおっしゃってください。事情が変わったというのは、いったいどういうことなのでございますか」

「いいにくい話なのだが――」

と気まずそうに目をそらして、

「父上が勝手に縁組を決めてきてな。他家に婿《むこ》養子に行かなければならんのだ」

「婿養子ですって！」

八重の顔に驚愕《きょうがく》が奔《はし》った。

「おまえとは短い縁《えにし》だったが、悪く思わんでくれ」

「そう。……そういうことだったんですか」

「ここの席料はおれが払っておく。おまえはゆっくりしてゆくがいい」

「………」

八重は絶句したまま、うつむいている。

「では、達者でな」

いい置いて、慎之助は足早に座敷を出ていった。

たまらず八重は嗚咽《おえつ》した。滂沱《ぼうだ》の涙が頬をつたう。

八重の目がふと枕辺に向いた。畳の上に花かんざしが落ちている。

八重はそれを拾い上げると、窓に向かって投げつけた。

空《くう》を切って飛んだ花かんざしは、障子窓を突き破って不忍池に落ちていった。

三

雨は、もうやんでいた。
晴れ渡った夜空を埋めつくすように星が輝いている。
池畔の草むらからわき立つ虫の音に混じって、ときおり水鳥の鳴き声も聞こえてくる。
――ゴオーン、ゴオーン、ゴオーン。
上野大仏下の時の鐘が、五ツ（午後八時）の時を告げはじめたとき、池畔の道に忽然《こつぜん》として人影が浮かび立った。
八重である。髪は乱れ、着物の胸元もだらしなくゆるんでいる。
　仏《ほとけ》は常にいませども
うつつならぬぞ　哀れなる
人の落とせぬ　あかつきに
ほのかに夢に見えたもう
御詠歌《ごえいか》とも説経節ともつかぬ、何やら奇妙な節まわしの唄を、消え入りそうな声で口ずさみながら、八重は憑《つ》かれたように池畔の道をさまよい歩いている。

顔は青白く、焦点の定まらぬ双眸《そうぼう》は空をさまよっている。

やがて前方の闇《やみ》にきらきらと耀映《ようえい》する灯影《ほかげ》が見えた。仁王門前町《におうもんぜん》の町明かりである。

と、そのとき……、

「おい、姉さん」

ふいに暗がりからだみ声がひびき、二人の男がうっそりと八重の行く手に立ちふさがった。八重は驚くふうもなく、とろんとした目で二人の男を見た。

いずれも人足体の垢《あか》じみた男である。

「ちょいの間《ま》、遊ばしてもらいてえんだが」

男の一人がいった。

二人とも安酒をしたたかに呑んできたらしく、吐き出す息が熟柿《じゅくし》臭い。

この時刻になると、上野山下や不忍池周辺には「けころ」と称する私娼がしばしば出没する。男たちは八重をその「けころ」と見たのだろう。

「百文でどうだい？」

と別の男が訊いた。八重は無言。能面のように表情のない顔である。

「いいんだな。じゃ、さっそく」

二人は八重の手を取って、いそいそと近くの雑木林に連れ込んだ。

「へへへ、なかなかの上玉じゃねえか」

「さ、姉さん、ここに座んな」

八重を草むらに座らせると、一人が背後から抱きすくめ、胸元に手を差し込んで乳房をもみしだきはじめた。もう一人は着物の下前をまくり上げ、むき出しになった太股を撫《な》で廻している。八重はあらがいもせず、なすがままになっている。

「ひひひ、こりゃ、たまらねえな」

太股を撫で廻していた男が、舌なめずりしながら自分の着物の裾《すそ》をたくし上げて、手早くふんどしをはずすと、

「おれが先にいくぜ」

と八重の両足を大きく広げ、いきり立った一物を荒々しく秘所に突き入れた。

　仏は常にいませども
　うつつならぬぞ　哀れなる
　人の落とせぬ　あかつきに

ほのかに夢に見えたもう
男につらぬかれながら、八重はまたあの奇妙な唄を歌いはじめた。

干魚《ひうお》を焼く煙が部屋じゅうにただよっている。

瀬川伊右衛門は、軽く咳《せ》き込みながら、台所の障子窓を開け放って外を見た。

雲一つない晴天である。朝陽がさんさんと降り注いでいる。

焼き上がった干魚と炊《た》き立ての飯、味噌《みそ》汁、香の物で朝食をとりながら、

「とうとう帰らなかったか……」

伊右衛門はぼそりとつぶやいた。八重のことである。

八重が神崎慎之助に会いにいったことは、伊右衛門にもわかっていた。

八重も慎之助も、もう子供ではない。昨夜、二人のあいだで男女の契《ちぎ》りがかわされたであろうことは容易に想像がつくし、またそれが自然の成り行きだとも思う。

伊右衛門としては、むしろ歓迎すべきことだった。

慎之助がそれを機に八重との結婚を決意してくれれば、という期待もある。

「いまのうちに、せいぜい稼いでおかなければ——」

婚礼の費用である。これまでに人斬りで稼いだ金が六両ほど溜《た》まっている。とりわけ千住宿での〝仕事〟は旨味があった。相手が尾張藩の徒目付ということで、大場は三両も払ってくれたのだ。こんな分のいい仕事はほかにあるまい。次の〝仕事〟も決まっていた。獲物は、千坂唐十郎である。娘の八重を暴漢から救ってくれた恩人だが、いまは敵方の男でもある。唐十郎を仕留めれば、また三、四両の金になるのだ。もはや、伊右衛門の心には一片の良心も道義もなかった。

(毒食わば皿まで)

なのである。

そそくさと朝食を済ませ、後片付けにかかったとき、障子戸ががらりと開き、

「おはようございます」

と白髪《しらが》頭の初老の男と唐桟留《とうざんどめ》の筒袖《つつそで》を着た三十年配の男が入ってきた。初老の男は大家の清兵衛《せいべえ》、唐桟留の男は上野仁王門前町の平六《へいろく》という番太郎であった。

「おう、清兵衛どのか。朝から何の用事だ？」

「つかぬことをうかがいますが、これに見覚えはございませんか」

と清兵衛が差し出したのは、錦織《にしきおり》の守り袋だった。

「この守り袋は……、娘のものだが」

伊右衛門が浅草寺《せんそうじ》で買ってきたものである。

袋の中には、守り札と八重の臍《へそ》の緒《お》書き（現代でいう出生証明）、そして江戸での身元引き受け人である大家・清兵衛の名がしたためられた紙が入っていた。

「やはり、そうでございますか」

清兵衛が沈痛な表情でうなずいた。

「娘に何かあったのか」

「実は……」

平六という番太郎が、口ごもりながら、

「上野仁王門前町に住む留三《とめぞう》って大工が、今朝早く、不忍池の雑木林で首をくくって死んでいる若い女を見つけやしてね」

「まさか！　その女がわしの娘だとでも……！」

「守り袋の中に娘さんの名と大家さんの名を記した紙があったんで、念のためにと思いやして」

「何かの間違いだ！　娘が自害するなんて……」

気が動転して、声が上ずった。

「申しわけありやせんが、番屋までお運び願えやせんかね」

「わかった。同道しよう」

半信半疑の面持ちで、伊右衛門は二人のあとについて長屋を出た。

案内されたのは、上野仁王門前町の辻角にある自身番屋だった。

土間に筵《むしろ》をかけられた女の死体が横たわっている。

伊右衛門が筵に手をかけるのをためらっていると、横合いから番太郎の平六が手を伸ばして、ひょいと筵をめくって見せた。その瞬間、

「八重ッ！」

伊右衛門の顔が凍りついた。

まぎれもなく娘・八重の変わり果てた姿だった。首に腰紐《こしひも》が巻きついている。

「な、なぜだ！……なぜ、こんな姿に……！」

伊右衛門は、八重の亡骸《なきがら》に取りすがり、あたりはばからず号泣した。

清兵衛と平六は、慰撫《いぶ》する言葉もなく、土間に立ちつくしている。

ややあって、伊右衛門はゆっくり顔を上げ、手の甲で目尻の涙を拭《ぬぐ》い取ると、はだけた八重の胸元を直しはじめた。その目がふと八重の白い胸乳に止まった。

乳首のまわりに赤い歯形がついている。

（慎之助になぶられた痕だ）

伊右衛門は、そう直観した。乳房についた赤い歯形が、二人の烈しい睦《むつ》み合いを如実《にょじつ》に物語っている。その二人のあいだにいったい何があったというのか。

「瀬川さま――」

背後で清兵衛の声がした。伊右衛門は首を廻して振り向いた。

「谷中《やなか》に手前どもの旦那《だんな》寺がございます。もし何でしたら、お嬢さまをその寺に」

「埋葬してくれるというのか」

「はい。手前のほうから住職に頼んでみましょう」

「そうか」

伊右衛門は、ゆっくり立ち上がり、

「そうしてもらえれば助かる。費用《かかり》はのちほど届けるので、よろしく頼む」

「かしこまりました」

清兵衛と平六にあらためて礼をいうと、伊右衛門は番屋をあとにして、仁王門前町からほど近い、湯島天神下《ゆしまてんじんした》の同朋《どうぼう》町に向かった。

神崎慎之助の屋敷は、その町にある。

昨夜、八重と慎之助のあいだにいったい何があったのか。

それを直接、慎之助に問いただそうと思ったのだ。

神崎家は二百石の小身旗本だが、拝領屋敷の敷地は六百坪もあり、門構えは片番所付きの長屋門で、門番を一人抱えている。

「当家に何か御用で？」

門前に立った伊右衛門に、門番の中間《ちゆうげん》がうろんな目を向けた。

「神崎慎之助どのに御意《ぎよい》を願いたい」

「あいにくでございますが、慎之助さまは他出しておりまして」

「不在か。……ご帰宅は？」

「夕刻になるかと」

「そうか。ではまた出直してまいろう」

と踵《きびす》を返そうとすると、そこへ酒屋の手代ふうの男がやってきて、

「このたびは、まことにおめでとうございます」

と腰をかがめて門番に頭を下げ、角樽《つのだる》を差し出した。

「ご注文のお酒をお届けにまいりました」

「おう、ご苦労だった」

門番が角樽を受け取ると、男はもう一度頭を下げて足早に去っていった。

それをちらりと見送って、伊右衛門が、

「ご当家に祝い事でもあるのか」

「はい。このたび、ご次男の慎之助さまと御使番《おつかいばん》・池田内膳正《いけだないぜんのしょう》さまのお嬢さまとの縁組がめでたくととのいまして」

「なに、縁組がととのったと！」

「来春早々、ご婚儀の運びになったと聞いております」

「なるほど、そういうことだったか」

伊右衛門の顔にめらめらと怒りがたぎってきた。

「慎之助どのは、その池田どのの屋敷に出向いているのだな」

「と存じますが……。何かお言伝《ことづ》てでも？」

「いや、何もない」

「失礼ですが、あなたさまのお名は」

「名乗るほどの者ではない」

いい捨てて、伊右衛門は背を向けた。

四

夕闇に塗り込められた三十間堀《さんじっけんぼり》通りを、ほろ酔い機嫌で歩いている若い武士の姿があった。神崎慎之助である。池田家の酒宴に招かれての帰りだった。

御使番・池田家は、菊の間南御襖《みなみおふすま》際席《ぎわせき》、千百石高の旗本である。当主の池田内膳正秀茂《ひでしげ》はすでに五十の坂を越えていたが、家督を継ぐ嫡子《ちゃくし》がいなかった。

一人娘の弥生《やよい》は、幼いころ疱瘡《ほうそう》をわずらったために、ひどいあばた面《づら》で、三十の歳になるまで良縁に恵まれず、このままでは、

（家名が断絶するのでは……）

と危惧《きぐ》していた矢先に、神崎家から縁組話が持ちかけられたのである。

父の将左衛門が決めてきたこの縁談を、慎之助は拒まなかった。

旗本の次男は、他家に養子にいかないかぎり、生涯部屋住みで終わらなければならない。ましてや神崎家は二百石取りの貧乏旗本である。わずかな捨て扶持《ぶち》で一生飼い殺しにされるぐらいなら、たとえ相手があばた面の年上女であろうと、いずれは、

（千百石の池田家を継いで、栄誉栄華《えいよえいが》の殿さま暮らし）ができるのだから、これほど結構な話はない。相手の弥生は四歳も年上だが、（抱いてしまえば、女はみな同じじよ）

と慎之助は割り切っている。

「ふふ、これでおれも一国一城のあるじになれる」

ほくそ笑みながら、真福寺《しんぷくじ》橋にさしかかったときである。

突然、橋の北詰に黒影が現れた。それを見て慎之助の顔からすっと笑みが引いた。

「瀬川さま……！」

人影は、瀬川伊右衛門であった。

「奇遇でございますね。こんなところでお会いするとは」

「偶然ではない。おぬしを待っていたのだ」

「え？」

「祝いを述べようと思うてな」

「祝い？」

「こたびの養子縁組、祝着至極《しゅうちゃくしごく》」

「な、なぜ、それを？」

それには応えず、ゆっくり慎之助の前に歩み寄ると、

「八重は死んだ」

伊右衛門は吐き出すようにいった。

「な、なんですって！」

「首をくくって自害したのだ。その理由《わけ》は、おぬしの胸に訊くがいい」

「し、知りません！　何のことやら、わたしにはさっぱり……」

「とぼけるな！」

一喝されて、慎之助は思わず後ずさった。

「おぬしは八重の心と体を散々もてあそび、そして……」

じわりと間を詰めた。

「弊履《へいり》を捨つるがごとく八重を捨てた」

「ち、違う。それは違います。わたしは八重どのが……」

「いうな！」

慎之助は、また二、三歩跳び下がった。

「貴様のいいわけなど聞きたくもない」

「い、いったい、わたしにどうしろと？」

「死んでもらう」

ぎらりと刀を引き抜いた。

「じょ、冗談じゃない！　素浪人ごときに斬られてたまるか！」

慎之助も抜刀して身構えた。

「素浪人ごとき、か。……本音が出たな」

「…………」

「そういう目で八重を見ていたのか」

またじわりと間合いを詰めた。後ずさりながら、慎之助は中段に構えた。

伊右衛門は地摺《じず》りの下段である。

「や、八重どのは……、勝手に死んだんだ。……わ、わたしのせいではない！」

「そうか。では——」

伊右衛門がずいと歩を踏み出した。

「貴様も勝手に死んでもらおう」

「死ぬのは……、あんたのほうだ！」

わめきながら、慎之助が猛然と斬り込んできた。

刹那《せつな》、伊右衛門は右に跳びながら、下からすくい上げるように刀を薙《な》ぎ上げた。

きーん。

鋭い金属音がひびき、慎之助の刀が宙に舞った。伊右衛門の手首が返った。白刃が一閃《いっせん》の弧を描き、左上から斜めに叩き落とされた。

「わッ」

と絶叫を発して、慎之助がのけぞった。刀刃《とうじん》が右肩に食い込んでいる。付け根を切られた右腕が着物の袖の中でかろうじてぶら下がっている。

そのまま袈裟《けさ》がけに斬り下げた。ボキボキと骨を断つ鈍い音がして、着物の裂け目から赤い肉と白い肋骨《ろっこつ》がのぞいた。ドッと音を立てて血が噴き出す。

慎之助の膝が折れた。そしてゆっくり前のめりに倒れ伏す。まだ息はあった。伊右衛門は刀を逆手《さかて》に持ち替え、倒れ伏している慎之助の背中に垂直に突き刺した。

「げえッ」

口から血泡を噴いて、慎之助は息絶えた。

刀を引き抜いて血ぶりをすると、伊右衛門は静かに鞘《さや》に納め、慎之助の死骸《しがい》に冷やかな一瞥《いちべつ》を投げかけて足早にその場を去った。

帰途、瀬川伊右衛門は、谷中の『慶雲寺《けいうん》』に立ち寄った。

この日の昼過ぎ、大家・清兵衛の口ききで八重の亡骸を、清兵衛の旦那寺『慶雲寺』の墓地に埋葬した。その墓参りに立ち寄ったのである。

住職に提灯《ちょうちん》を借りて墓地に足を向けると、すでに真新しい木の墓標が立っていて、誰が手向《たむ》けたものか、数輪の野花と線香が供えられていた。

伊右衛門は墓前にぬかずいて手を合わせ、神崎慎之助を討ち取ったことを八重に報告すると、ふたたび寺の庫裏《くり》に取って返し、住職に提灯を返して帰宅の途についた。

夕闇がいつの間にか宵闇に変わっている。

空には無数の星が耀いていた。

神田連雀町の長屋木戸にさしかかったところで、伊右衛門はふと足を止めて闇に目をこらした。戸口に人影が立っている。刀の柄《つか》に手をかけて油断なく歩み寄った。

「おぬしは……」

千坂唐十郎だった。

「お待ちしてましたよ、瀬川どの」

「わしに何か？」

「折入って話したいことが」

伊右衛門はためらうような表情を見せたが、

「ここでは人目に立つ。場所を変えて話をうけたまわろう」

と背を向けて歩き出した。唐十郎は黙ってそのあとについた。

連雀町の路地を抜けて、青山下野守《しもつけのかみ》の屋敷前を通り過ぎると、前方に闇が広がった。

八辻ケ原である。人の往来もなく、蒼《あお》い闇の中に無人と化した見世物小屋や床店、掛け茶屋などが黒い影を連ねている。

かなたにポツンと小さく見えるのは、筋違橋の高張《たかはり》提灯の明かりである。

「千坂どの」

先を歩いていた伊右衛門が足を止めて振り返った。何やら思い詰めた表情である。

「おぬしの話の内容は、薄々察しがついている。だが……、その前にわしの話も聞いてもらいたい」

「わかりました。うかがいましょう」

「娘の八重が自害した」

「え！」

一瞬、唐十郎は鈍器で殴られたような衝撃を覚えた。つい先日、長屋の近くの路地で蛇の目傘を差した八重に出会ったばかりである。その八重が自害するとは……。

（まさか！）

という思いと、なぜという疑問が頭の中で交錯していた。

「八重は……、男に騙《だま》されたのだ」

憤怒のために、伊右衛門の声は極端に低くなっている。唐十郎の脳裏に、小間物問屋で八重にかんざしを買ってやっていた若い武士の姿がよぎった。

「神崎慎之助という旗本の次男だ」

やはり、と唐十郎は思った。

「慎之助は八重の心と体を玩弄《がんろう》したあげく、おのれの野心のために八重を捨てた」

「野心のために？」

「千百石の旗本の娘との養子縁組が決まっていたのだ。それを知った八重は、不忍池の雑木林で首をくってみずから命を絶った」

「………」

言葉がなかった。それはまるで、三年半前の唐十郎の身の上を逆にしたような話だった。唐十郎の許嫁・登勢は、親が決めた縁組によって他家に嫁に出され、夫のいわれなき嫉妬《しっと》と暴力に耐えかねて自害したのである。

登勢と八重――顔が似ているばかりか、その運命さえも酷似している。

奇妙な因縁を感じざるを得なかった。

「つい先ほど……」

伊右衛門がつづける。

「わしは八重の仇《かたき》を討ってきた」

「仇？」

「神崎慎之助を斬ってきたのだ。これでもう思い残すことは何もない。おぬしの話をうけたまわろう」

「大場稲次郎という浪人をご存じですね」

ずばり、訊いた。

「ああ、存じておる」

「居所を教えていただけませんか」

「それを知ってどうするつもりだ？」

「斬るつもりです」

恬淡《てんたん》といってのけた。伊右衛門の目がちかっと光った。

「尾張藩の差し金か」

「誰の差し金でもない。わたしの一存です」

「大場に怨《うら》みでも？」

「いえ、大場一味の企《たくら》みを阻止するために――」

「殊勝《しゅしょう》なことだな」

伊右衛門の口元に薄笑いが浮かんだ。

「教えていただけませんか」

「あいにくだが、千坂どの。わしはこの世のすべての徳を捨てた男でな」

「………………」

「おぬしに与《くみ》するわけにはまいらぬ」

「あなたを敵に廻したくないのだが……」

悲しそうな目で伊右衛門を見た。

「わしも同じ思いだ。……だが、立場上、おぬしを斬らねばならぬ」

「立場？　と申されると」

「大場に金で雇われたのだ」

「すると、千住宿で尾張藩の徒目付を斬ったのも……」

「ほう、そこまで知っていたか」

伊右衛門は意外そうに見返した。

「大場一味が何を企んでいるのか、あなたはご存じなんですか」

唐十郎がいった。問いかけというより、諫《いさ》めるような口調である。

「知らぬ。知りたいとも思わぬ。わしは頼まれた仕事をやるだけだ。事の理非善悪もわしには関わりない」

「金のために、人斬りを……？」

「いかにも」

応えて、伊右衛門は刀を抜いた。

「おぬしを斬れば、三、四両の金になる」

「……………」

「その金を持ってわしは江戸を出るつもりだ。江戸を離れてどこか遠いところで、ひっそりと暮らそうかと——」

いいながら右半身《はんみ》に体を開いた。刀は脇構えにしている。いつもの地摺りの構えではない。唐十郎は両手をだらりと下げて、正面に立った。

「気の毒だが、死んでもらおう」

伊右衛門がじりじりと間合いを詰めてくる。

唐十郎は仁王立ちしたまま、微動だにしない。

伊右衛門の右足が間境《まざかい》を越えた——と見た瞬間、脇構えの刀を上段に構え直し、矢のような速さで突進してきた。これもいつもの伊右衛門の動きではなかった。

上段に振りかぶった伊右衛門の刀がきらりと一閃した瞬間、
しゃっ！　唐十郎の左文字国弘が鞘走った。抜きつけの逆袈裟である。

刀刃が咬《か》み合う音はなかった。わずかに衣《きぬ》ずれの音がしただけである。

二人の体が交差して、すぐ左右に離れた。

一間ほどの間を置いて、両者の体がぴたりと静止した。

互いに背中を向けて立っている。

はらり。地面に落ちたのは、唐十郎の着物の右袖だった。伊右衛門は、諸手《もろて》にぎりの刀を水平に突き出したまま、釘を打たれたように立ちつくしている。

数瞬の静寂が流れた。

伊右衛門の口の端からスッと一筋、鮮血がしたたり落ちた。

ゆらりと上体が揺れ、両膝を屈して前のめりに倒れた。

切り裂かれた脇腹から、凄《すさ》まじい勢いで血が噴き出している。

パチンと鍔鳴《つばな》りがした。

唐十郎が刀を鞘に納めてゆっくり振り返った。

伊右衛門の口から荒い息が洩れている。

「なぜだ?」

唐十郎が低く問いかけた。伊右衛門は応えぬ。

「なぜ、斬らなかった?」

「お、おぬしに……、後《ご》の先《せん》を……、取られたのだ」

「いや、違う。いまのはほとんど相打ちだった」

「…………」

「あんたは、わざと切っ先をはずした。……なぜだ？」

「わ、わしの腕が……、およばなかった。……そ、それだけのことだ」

そこでぷつりと言葉が切れ、伊右衛門の息が止まった。

（わざと討たれたか）

やり切れぬ表情で、唐十郎は伊右衛門の死骸を見下ろした。

五

秋が深い。

両国橋東詰の大銀杏《いちよう》の葉が真っ黄色に染まっている。

丈吉は垢離《こり》場《ば》近くの船着場に猪牙舟《ちょきぶね》をつけて、所在なげに客を待っていた。

九月も、もう七日を過ぎている。

大川を吹き渡ってくる川風が、一段と冷たく感じられた。

日を追うごとに客足も減ってきている。半刻（一時間）待ってもさっぱり客が現れないので、あきらめて柳橋にもどろうかと腰を上げたとき、突然、

「おい、船頭」

野太い声が石段の上から降ってきた。思わず顔を上げて見ると、大きな荷物を背負った二人の浪人者が石段を下りてきた。

「千住大橋までやってくれ」

「へい。どうぞ」

二人の浪人者は舟に乗り込むなり、荷物を胴ノ間に置いて、大きく息をついた。

荷物の一つは酒の菰樽《こもだる》である。一人がその菰樽に荒縄をかけて担いできたのだ。もう一人が背負っていた風呂敷包みからは、大根や葱《ねぎ》などの野菜がのぞいている。

「買い出しでございますか」

「ああ、五日分の食糧と酒だ」

小肥りの浪人者が応えると、連れの浪人者が、

「岩田《いわた》さん」

と咎《とが》めるような視線を送り、それっきり二人は黙りこくってしまった。

（もしや、この二人……）

丈吉の胸に疑惑がよぎった。この二人はなぜわざわざ江戸市中に買い出しにき

くからか。食糧と酒なら千住宿でも十分調達できるはずである。千住では人目につ
くからか。
（それだ。人目につくのを恐れて、江戸に買い出しにきたに違いねえ）
丈吉はそう確信した。

大川をさかのぼること、およそ半刻。舟は大きく左に旋回した。

そこから先は荒川となり、河畔の景色もがらりと変わる。川の両岸に広がるのどかな田園風景に目をやりながら、丈吉は黙々と櫓《ろ》を漕《こ》ぎつづけた。

ほどなく前方に千住大橋が見えた。

橋の長さは六十六間（約百十九メートル）、幅四間（約七メートル）。水腐れに強いといわれる犬槙《いぬまき》の巨材を橋杭《はしぐい》に使っているので、文禄《ぶんろく》三年（一五九四）の創架以来、この橋は一度も流失したことがないという。

丈吉は櫓を水棹《みさお》に持ち替えて、橋の北詰の船着場に舟をつけた。

「へい。お待ちどおさま」

二人の浪人者は返事もせずに舟賃を払い、荷物を担ぎ上げて桟橋《さんばし》に降り立った。

丈吉は何食わぬ顔で猪牙舟を桟橋につなぎながら、二人が石段を上って行くのを見届けると、すぐさまそのあとを跟けはじめた。

街道はあいかわらずの人混みである。

菅笠《すげがさ》に振り分け荷物の旅人や江戸からの遊び客、大きな荷を背負った行商人もいれば、饅頭笠《まんじゆうがさ》に墨《すみ》染めの衣《ころも》をまとった旅の雲水《うんすい》、軽尻《からじり》を曳《ひ》く馬子もいる。

（妙だぞ）

丈吉はけげんそうな目で二人の浪人者の姿を追った。

意外にも、二人は街道を北上せず、雑踏を横切って荒川沿いに西に向かっている。

（どこへ行くんだ？）

不審に思いながら、丈吉は尾行をつづけた。菰樽と風呂敷包みを背負った二人の浪人者は、荒川の土手道をひたすら西に向かって黙々と歩いていく。

道の左手には滔々《とうとう》と流れる荒川。右手には黄金《こがね》色の稲穂《いなほ》をつけた田んぼが果てしなく広がっている。丈吉は土手道の木立の陰を拾いながら、用心深く尾行をつづけた。

千住大橋の北詰から五丁（約五百メートル）ほど西へ行ったところで、二人の浪人者は土手道から右の野道へと進路を変えた。

野道の脇には、小川が流れている。川幅はおよそ三間(約五・四メートル)、農業用水路として使われているらしく、水量の豊富な川である。

小川に沿って、さらに北へ四丁ほどさかのぼったところに、古い大きな水車小屋が建っていた。水車小屋の横には板囲いの野小屋が建っている。

二人の浪人者は、その野小屋に入っていった。

丈吉は野道の脇の杉の木陰に身をひそめて、しばらく様子をうかがったが、二人の浪人者が野小屋から出てくる気配がないのを見定めて、そっと歩を踏み出した。

近づいて見ると、意外に大きな水車小屋だった。

直径二間(約三・六メートル)はあろうかという巨大な水車が、ぎしぎしときしみ音を発しながら、ゆったりと回転している。

水車小屋の裏手に歩み寄って、板壁の隙間《すきま》から内部をのぞき込んだ。

小屋の中にはムッとするような熱気がこもっている。

粗末な身なりの男が三人、汗まみれになって働いていた。

一人が唐赤銅《からあかがね》の鍋《なべ》で何かを煮つめている。その横でもう一人の男が黄色の粉末を絹篩《きぬぶるい》にかけている。そして別の一人が水車の臼《うす》に粘土状の物を入れて搗《つ》き上げている。

（あれは……！）

丈吉は瞠目《どうもく》した。

なんと、この水車小屋が盒薬《ごうやく》の密造所だったのだ。

汗まみれで働いている三人の男が、三州吉田から拉致《らち》されてきた花火職人であることはいうを俟《ま》たない。その三人を凶精な面がまえの二人の浪人が、小屋のすみにあぐらをかいて監視している。

と、小屋の板戸ががらりと開いて、さっきの小肥りの浪人者が入ってきた。

「おう、岩田さん、もどってきたか」

と振り向いたのは、監視役の猪首《いくび》の浪人者である。

「酒をたっぷり買ってきた。交代で一杯やらんか」

「ああ、ちょうど喉《のど》が渇いたところだ」

「わしはあとでいい。峰山《みねやま》さん、先にやっててくれ」

もう一人の監視役がいった。

「かたじけない。では、お先に」

と頭を下げ、猪首の浪人者は岩田のあとについて小屋を出ていった。

板壁の隙間からその様子を見届けると、丈吉はそっと背を返して立ち去った。

第六章　吉宗《よしむね》暗殺

一

漆黒の夜空に、ぽつんと白い半月が浮いている。

蒼白《あおじろ》い闇《やみ》の中に、黄金《こがね》色の稲穂《いなほ》をつけた田んぼが果てしなく広がっている。

かまびすしい虫の音と小川のせせらぎ、そして、水車の回転音。

聞こえるのはそれだけである。

「あれです」

低い声とともに、ぬっと二つの影が闇の中にわき立った。

前方を指さしているのは、船頭の丈吉である。

背後に千坂唐十郎が立っている。

唐十郎は黒革《くろかわ》の袖《そで》無し羽織に軽衫袴《かるさんばかま》、黒革の手甲脚絆《てっこうきゃはん》に革の草鞋《わらじ》ばきといういでたち。腰には左文字国弘をたばさんでいる。丈吉も全身黒ずくめである。

二人の視線の先には、水車小屋の巨影があった。

「あれが盒薬《ごうやく》の密造所か」

唐十郎が押し殺すような声で訊《き》いた。

「へえ。間違いありやせん」

「水車小屋とはな。……捜しても見つからぬわけだ」

一味が水車小屋を盒薬の密造所に選んだのには、それなりの理由があった。唐赤銅《からあかがね》の鍋《なべ》で煮詰めた火薬の原料を、臼《うす》で搗《つ》き上げるのに水車の動力が欠かせなかったからである。

ちなみに、幕末安政《あんせい》年間、相次ぐ黒船の到来に恐れおののいた攘夷《じょうい》派諸藩は、沿岸防備の銃火器に使用する大量の盒薬を、幕府の厳しい取り締まりの目をかいくぐって、江戸近郊の水車小屋で密造した、と史書に記されている。

粗製濫造《らんぞう》のために、爆発事故も続発したという。

わけても安政元年（一八五四）六月の柏木淀橋《かしわぎよどばし》の水車小屋の爆発は惨烈《さんれつ》をきわめた。

「川端にありし水車小屋にて、一奴隷《しもべ》火を過《あやま》ち、盒薬に移りしかば、立ちどころに火起こり（中略）、その者は五体微塵《みじん》となり、淀橋町長さ十九間幅六間余焼亡す。（中略）人家傾き、あるいは潰《つぶ》れ、大木も傾きたり。怪我人五十余輩」

だったという。惨状思うべしである。

「よし」

うなずいて、唐十郎はゆっくり歩を踏み出した。丈吉がそのあとにつく。

巨大な水車がぎしぎしときしみ音を発して回転している。

その音が二人の足音を消してくれた。

小屋の板壁の隙間《すきま》から、かすかな明かりが洩《も》れている。

唐十郎は板壁に体を張りつけるようにして、隙間から小屋の中をのぞき込んだ。

太い柱にかけられた掛け燭《じよく》が仄《ほの》暗い明かりを灯している。小屋の片すみで粗衣をまとった三人の男が、川の字になって泥のように眠りこけていた。

三州吉田から拉致《らち》されてきた花火職人の市郎次、長吉、忠七である。

（表に廻り込むぞ）

と目顔で丈吉をうながし、唐十郎は板壁に沿って戸口のほうへ歩を進めた。

前方の闇に明かりがにじんでいる。

足を止めて様子をうかがうと、二人の浪人者が焚《た》き火の前に胡座《こざ》して、茶碗《ちやわん》酒を食らっていた。江戸に買い出しに行っていたあの二人（岩田・原口《はらぐち》）である。ほかの二人は野小屋の中で仮眠をとっているらしい。

「思ったより、仕事がはかどったな」

小肥りの浪人・岩田がいった。脂《あぶら》ぎった顔が、焚き火の明かりを受けてぎらぎらと光っている。

「あと四、五日はかかると思っていたのだが……」

原口がいった。

「ま、しかし、早く終わるに越したことはあるまい。これでようやく、わしらも江戸にもどれる」

「こんな野小屋暮らしは、もう真《ま》っ平《びら》だ。江戸にもどったら旨《うま》い酒を浴びるほど呑《の》み、腰が抜けるほど女を抱いてやる」

「手当てもたっぷりもらったことだしな。吉原にでもくり出すか」

「うむ。それがいい」

二人の浪人は顔を見合わせて、卑猥《ひわい》に笑った。

「さて、そろそろ仕事に取りかかるか」

呑み干した茶碗を足元に置き、岩田が刀をつかみ取って腰を上げると、原口も刀を持って立ち上がり、水車小屋の戸口に歩み寄って、がらりと板戸を引き開けた。

市郎次、長吉、忠七の三人が高いびきをかいて眠りこけている。

「おい、起きろ！」

岩田がいきなり市郎次の脇腹を蹴《け》り上げた。三人が仰天して飛び起きた。

「な、何事でございますか！」

市郎次が叫んだ。

「おまえたちは、もう用済みになった。死んでもらおう」

「そ、そんな！」

「のちに禍根《かこん》を残さぬためにな」

原口がぎらりと刀を抜き払った。

「お、お願いでございます！　ど、どうか命だけは、お助けくださいまし！」

必死に哀願する長吉へ、

「気の毒だが、生かしておくわけにはいかんのだ。覚悟せい」

と原口が刀を振りかぶった瞬間、

「やめろ！」

と飛び込んできたのは、唐十郎だった。

「な、なんだ！　貴様！」

「生かしておけんのは、貴様らだ！」

いいざま、袈裟《けさ》がけに原口を斬《き》り捨てた。

「お、おのれ！」

岩田が猛然と斬りかかってきた。唐十郎は横に跳んで切っ先をかわし、勢いあまってたたらを踏む岩田の背中に、叩《たた》きつけるような一刀を送りつけた。

「ぎゃッ！」

と、けだもののような悲鳴を上げて、岩田は仰向けに転がった。

そこへ丈吉が飛び込んできた。

「丈吉、この三人を頼む！」

いいおいて、表に飛び出した。

岩田の悲鳴を聞きつけて、野小屋から二人の浪人がおっとり刀で飛び出してきた。

一人は峰山甚内《じんない》、もう一人は高杉大軒《たかすぎだいけん》という。

「な、何者だ！　貴様」

峰山がわめきながら身構えた。

「闇の始末人」

「た、たわけたことをぬかすな！」

獰猛《どうもう》に吠《ほ》えて、高杉が斬りかかってきた。横殴りの一刀である。

唐十郎はとっさに片膝《ひざ》をついて身を沈めた。

ぶん、と頭上で刃うなりがし、高杉の刀は空《くう》を切っていた。上体が伸び上がったところへ、すかさず一歩踏み込み、左下から斜め上に薙《な》ぎ上げた。

刀刃《とうじん》が高杉の右腋《わき》に食い込んだ。そのまま力まかせに斬り上げる。

どさっと音がして、肩の付け根から切断された右腕が草むらに落ちた。

返す刀で右袈裟に斬り下ろす。頸動脈《けいどうみゃく》が切り裂かれ、血しぶきを撒《ま》き散らしながら、高杉は声もなく崩れ落ちた。

唐十郎はすぐさま体を返した。

左から峰山の斬撃《ざんげき》がきた。上段からの凄《すさ》まじい打ち太刀である。

唐十郎は上体をそらして切っ先を見切ると同時に峰山の右前に跳んだ。

刀を左逆手《さかて》に持ち替えて、峰山の脇を走り抜ける。

「うっ！」

うめき声を発して、峰山は前のめりに膝をついた。右脇腹がざっくり切り裂かれ、白いはらわたが飛び出している。峰山は信じられぬ顔でそれを見た。腹の裂け目から垂れ下がったはらわたが、まるで別の生き物のようにうねうねと膝の上にとぐろを巻いてゆく。峰山の顔からたちまち血の気が引いていった。

唐十郎は血刀を引っ下げたまま、水車小屋に走り込んだ。

丈吉が三人の男たちを庇《かば》うように、匕首《あいくち》を持って立っていた。

「旦那《だんな》、この三人はやっぱり三州吉田から連れてこられた花火職人だそうで」

「そうか。危《あや》ういところだったな」

安堵《あんど》するように吐息をついて、唐十郎は刀を鞘《さや》に納めた。

「手前は市郎次と申します」

三人の中で一番年長の市郎次がおずおずと歩み出て頭を下げた。

「おかげで助かりました。ありがとうございます」

「二、三訊きたいことがあるのだが」

「はい」

「あんたたちが作った盒薬はどこにある？」

「つい一刻（二時間）ほど前、別のご浪人さんたちが運び出していきました」

「どこへ運んだかわからんか？」

「さァ……」

市郎次は首を振った。

「いままでに、どれほどの量を作ったのだ」

「二百貫ぐらいではなかったかと……、俵《たわら》詰めにして十五俵ございました」

二百貫は、現代の重量単位に換算すると七百五十キログラムである。

かなりの量の爆薬がすでに一味の手に渡ったことになる。

唐十郎は思い直すように二人の浪人者の死体のそばにかがみ込み、ふところから財布を抜き取った。それぞれの財布に五両の金子《きんす》が入っている。

「丈吉」

「へい」

「ほかの二人のふところも調べてきてくれ」

「合点《がってん》」

と身をひるがえして飛び出していったが、すぐに財布を二つ持ってもどってきた。

受け取って中を改めると、峰山と高杉の財布にも五両ずつ入っていた。

四人の所持金を合計すると二十両になる。

「市郎次さん、といったな」

「はい」

「この金を持って、すぐに郷里《くに》に帰るんだ」

「重ね重ね、ありがとう存じます」

唐十郎は三人の男たちにそれぞれ五両ずつ配り、

「あんた方の仲間の、弥助さんという人は一味に殺された。この金を弥助さんの女房に渡してやってくれぬか」

残りの五両の金を市郎次に手渡した。

「かしこまりました。間違いなくこの金は、弥助の女房に渡しておきます」

「では、道中気をつけてな」

そういい残すと、唐十郎は丈吉をうながして素早く水車小屋を出ていった。

二人は千住大橋の船着場にもどり、丈吉の猪牙舟《ちょきぶね》に乗って江戸に引き返した。

「ひと足遅かったようだな」

舟の舳先《へさき》に座って、唐十郎が暗然とつぶやくと、

「へえ」

と丈吉も浮かぬ顔でうなずき、それっきり二人は黙りこくってしまった。

しばらく沈黙がつづいた。

荒川から大川に出ると、舟は追い風を受けて矢のように川面《かわも》を滑ってゆく。

行く手の闇に目を据えたまま、唐十郎は腕組みをして沈思《ちんし》している。

丈吉の機転によって盒薬の密造所が見つかり、すんでのところで三人の花火職人たちの命を救うことはできたが、肝心の盒薬は、すでに別の浪人どもの手で運び去られたあとだった。鮫島一味が、その盒薬を江戸の各所に仕掛けて爆発させ、混乱に乗じて謀叛《むほん》の挙に出るであろうことは、もはや疑いの余地がなかった。問題は、

(一味がいつ、事を起こすか)

である。水車小屋で作られた二百貫の盒薬は、俵詰めにして十五俵あったという。

それを一俵ずつ江戸の各所に仕掛けてゆくとなると、一日や二日でできる仕事ではあるまい。少なくとも五日はかかるだろう。

(その五日が勝負になりそうだ)

おのれにいい聞かせるように、唐十郎は胸の中でつぶやいた。

二

呉服問屋や太物問屋《ふとものどんや》、酒屋、油問屋などの大店《おおだな》が、ずらりと建ち並ぶ日本橋の大通りから一歩東の細い道に入ると、そこには間口三間足らずの小さな店が、ひしめくように軒《のき》を連ねていた。

日本橋佐内町《さないちょう》である。路地の両側には雑貨屋や金物屋、袋物屋、筆墨屋《ひっぼくや》などが軒を接するように立ち並んでいる。

買い物客で賑《にぎ》わうその町の一角に、人の出入りもなく、ひっそりと戸を閉ざしている小さな足袋屋《たびや》があった。看板には『巴屋《ともえや》』とある。

過日、〝霞の仁兵衛〟(富五郎)一味に押し込まれ、家人と奉公人、合わせて四人が惨殺された店である。それ以来、『巴屋』は空き店になっていた。

店の前に、菅笠をかぶった男が立った。重蔵である。

手には二つに折り畳んだ紙を持っている。富五郎一味に襲われた商家の屋号や業種、殺された人間の数とその名前、盗まれた金額などが記された例の留書《とめがき》(メモ)だった。

被害にあった商家は合計七軒である。その七軒に、

（何か符合するものはないものか）

と仕事の合間を見ては、一軒一軒訪ね歩いていたのである。

七軒のうち、五軒については、すでに調べがついていた。

残るのは『巴屋』と下谷広小路の菓子屋『生駒屋』の二軒だけである。

重蔵は店の横の路地に足を踏み入れた。

路地の奥の空き地に、若い女がぼんやり佇《たたず》んでいる。近所の商家の子守女らしく、背中に赤子を背負っている。

「ちょいと訊きてえことがあるんだが」

歩み寄って、重蔵が声をかけると、女はけげんそうに振り返った。ぽっちゃりした丸顔で頰《ほお》の赤い純朴そうな娘である。

「おまえさん、この近所に住んでるのかい？」

「はい。『巴屋』さんの隣の蠟燭《ろうそく》問屋で住み込み奉公をしております」

「奉公は長いのかい？」

「二年になりますけど」

「そうかい。じゃ、『巴屋』のことはよく知ってるな？」

「ええ、旦那さんやお内儀《かみ》さんには、親切にしていただきました」

「二人とも押し込みに殺されたそうだな」

「お気の毒に……」

女は沈痛な表情でうつむいた。

「そのあるじ夫婦のことだが、誰かに怨《うら》まれてたってことはねえのかい」

「とんでもございません」

女は口をとがらせた。

「旦那さんもお内儀さんも、穏やかなやさしい人で、町の誰からも好かれてました。他人《ひと》さまの怨みを買うような人たちじゃありません」

「いま、店はどうなってるんだい？」

「親戚《しんせき》の人が売りに出したそうですけど、あんな事件があったばかりなので、さっぱり買い手がつかないそうです」

「だろうなア」

うなずきながら、重蔵はふところから二朱銀を一つ取り出して、

「子守の邪魔をしちまってすまなかったな。これで汁粉《しるこ》でも食ってくんな」

と女の手ににぎらせた。

「あ、あの、こんなに沢山……」

「いいってことよ」

にっと笑って、重蔵は、重蔵は足早に立ち去った。

その足で重蔵は、神田佐久間町のお仙の長屋に向かった。

「お仙、いるかい？」

戸口に立って中に声をかけると、腰高障子ががらりと開いて、お仙が顔をのぞかせた。

「あら、重蔵さん」

「話があるんだ。ちょっと、いいかい？」

「ええ、どうぞ、お上がりください。すぐお茶を淹《い》れますから」

「いや、構わねえでくんな」

といって、上がり框《かまち》に腰を下ろして、

「富五郎一味に皆殺しにされた、下谷広小路の『生駒屋』って菓子屋だがな。その後、どうなったかわかるかい？」

「どうって？」

「残されたあの土地家作を誰が継いだのか、それが知りてえんだよ」

「たぶん叔父さんじゃないかしら」

「叔父？」

「本郷春木《はるき》町に父方の叔父さんが住んでいると、お絹さんから聞いたことがあるわ。確か……」

と、お仙はちょっと考え込んだが、

「あ、そうそう、『宇野《うの》屋』って煙草《たばこ》屋さん」

「すまねえが、お仙。その煙草屋まで案内してくれねえかい」

「ええ、いいですとも」

お仙はこころよく応じ、駒下駄を突っかけて表に出た。

神田佐久間町から本郷春木町までは、徒歩で四半刻の距離である。

昌平橋の先を右に曲がり、二つめの辻を左に折れると湯島通りに出る。

その通りをさらに西北に向かって行くと、湯島六丁目と本郷一丁目の境に、北に向かって長く延びる町屋があった。そこが本郷春木町である。

かつて、このあたりに伊勢の御師《おんし》（祈禱《きとう》師）・春木太夫《はるきだゆう》が長逗留《とうりゅう》し、その霊験《れいげん》が評判を呼んだところから、春木町の町名になったといわれている。

幕府の下級武士の組屋敷や小商いの店、民家などが混在する町である。

「あ、あれ」

と、お仙が指さしたのは、春木町三丁目の角にある小さな煙草屋だった。丈《たけ》の長い紺《こん》の暖簾《のれん》に『宇野屋』と白く染め抜いた屋号が見える。

「なァ、お仙」

重蔵が足を止めて、お仙に声をかけた。

「おれみてえなむさ苦しい男が、いきなり訪ねていったら怪しまれるかもしれねえからな。代わりにおめえが話を聞いてきてくれねえかい」

「いいわよ」

あっさり応えると、お仙は小走りに『宇野屋』に向かったが、寸刻もたたぬうちに出てきた。

「どうだった？」

「やっぱり、叔父さんが『生駒屋』さんの家作を継いだんだって」

「そうか。……で、店はどうなってるんだい？」

「あの店は場所がいいから手放すのは惜しいって、貸し店《だな》にしたそうですよ」

「借り手はついたのか？」

「ええ。本所の『音羽屋』って傘屋さんが借りたそうですよ」

「傘屋が……？」

重蔵の目がきらりと光った。


それから四半刻後――。

下谷広小路の雑踏の中に、重蔵とお仙の姿があった。

あいかわらずの人出である。とくにこの日は重陽《ちょうよう》（菊の節句）なので、いつにも増して人出が多い。店頭で通行人に菊酒をふる舞っている店もあった。

重蔵とお仙は、人混みを縫うようにして三橋に向かって歩いていた。

忍川に架かる三つの橋の、一番左（西寄り）の橋のすぐ手前に『生駒屋』はあった。

大戸が閉ざされたまま、ひっそりと静まり返っている。

「店は閉めたままだな」

重蔵が足を止めて、つぶやいた。

「中の造作でも変えてるんじゃないかしら」

店先に歩み寄り、お仙は大戸に耳を当てて中の気配をうかがった。

「どんな様子だ？」

「物音一つ聞こえないわ。まだ越してきてないいんじゃないない」

「『音羽屋』が借りにきたのは、いつごろなんだい？」

「四日前だって」

「ふーん」

と、うなずくと、重蔵はあたりに目を配って、

「お仙、行こうか」

小声でうながし、足早に人混みの中へ消えていった。

このとき、『生駒屋』の二階の、わずかに開いた障子窓から、二人の様子を鋭い目で見ている浪人者がいたことに、二人はまったく気づいていなかった。

浪人者は、山根与五郎だった。障子窓を静かに閉めて振り向くと、背後に鮫島外記が立っていた。

「何者だ？　あの二人」

鮫島が訊いた。

「物見遊山《ゆさん》の父娘《おやこ》でしょう。例の押し込み事件以来、この店はちょっとした名所になってしまいましてね。わざわざ見物にくる者があとを絶たないのです」

「困ったものだな」

鮫島は苦笑いを浮かべ、背を返して階段を下りていった。山根もあとにつづいた。

一階は、各部屋の襖《ふすま》や障子が取り払われ、広い空間になっていた。

裏庭に面した八畳の部屋に、俵詰めの荷が山と積まれている。その荷が千住の水車小屋から運ばれてきた盒薬であることはいうを俟《ま》たない。

山積みの俵の前に腰を据えて、大場稲次郎と四人の浪人者が茶をすすっていた。

「ご苦労だったな。大場」

鮫島がねぎらいの言葉をかけると、大場は湯飲みを畳に置いて、

「いよいよ、明日でございますな」

といった。

「うむ。準備はととのったのか」

「遺漏《いろう》なく」

「川船の手配は?」

「抜かりはございません。裏手に二艘《そう》もやってございます」

応えたのは、山根与五郎である。

「案内《あない》してくれ」

「はっ」

二人は濡《ぬ》れ縁から裏庭に下り、板塀の木戸を開けて外に出た。

木戸の外は高さ五尺（約一・五メートル）ほどの石垣になっており、その下に忍川が流れている。鮫島と山根は石垣の縁に立って、忍川の流れを見下ろした。

二艘の平田船《ひらたぶね》（底が平たく、喫水《きっすい》の浅い舟）が艫綱《ともづな》で係留されている。

「うむ。この船なら二百貫の盒薬が十分積める」

満足げに鮫島がうなずいた。平田船は、おもに石材を運ぶために使われる。かなりの重量にも耐えられる船なのだ。

「念のために、もう一度うかがいますが」

山根がいった。

「明朝、辰《たつ》ノ下刻《げこく》（午前九時頃）に相違ございませんな」

「間違いない。……ただし」

と気がかりそうな目で鮫島は空を見上げた。

「天気次第だがな。……雨が降らぬことを祈るだけだ」

「このぶんでは、明日も秋晴れでしょう」

山根も空を仰ぎ見た。空は雲ひとつなく晴れ渡っている。

明日九月十日は、将軍家の上野東照宮御参詣《ごさんけい》の日である。

辰ノ上刻（午前七時）に江戸城を出た将軍吉宗一行は、下谷広小路（御成街道）の三橋を渡って、仁王門から東照宮に向かうことになっていた。

その行列には幕閣の有力大名も家来を引き連れて随行《ずいこう》する。

〈広小路武鑑《ぶかん》を見るの賑やかさ〉

と川柳《せんりゅう》に詠まれているように、それはまるで武鑑（大名録）を見るような仰々《ぎょうぎょう》しさであったという。

鮫島一味は、その御参詣の機をねらっていたのだ。

吉宗一行が三橋にさしかかるのを待ち受けて、二艘の平田船に積み込んだ盒薬の導火線に火を放ち、忍川に流す。橋の真下で二百貫の盒薬が爆発すれば、おそらく三橋の周辺二十間（約三十六メートル）四方は木っ端微塵に吹き飛ばされるだろう。

「吉宗公はおろか、将軍家に阿諛《あゆ》追従《ついしょう》する大名どもも、灰塵《かいじん》となってこの世から消えるのだ。さぞ見ものだろうな」

低くそういって、鮫島は口髭を撫《な》でながら薄笑いをうかべた。

三

その夜、六ツ半（午後七時）ごろ——。

日本橋堀留の料亭『花邑』の二階座敷で、公事宿《くじ》『大黒屋』のあるじ・宗兵衛と千坂唐十郎、『稲葉屋』重蔵の三人が夕餉《ゆうげ》の膳部《ぜんぶ》を囲んで密談していた。

「富五郎一味に襲われた七軒の商家の、その後の様子を調べてみたんですがね」

重蔵が汁椀《しるわん》を口に運びながら、ぼそぼそという。

「人が殺された店は縁起《えんぎ》が悪いの、気味が悪いのと、いまだに買い手も借り手も見つからねえそうです」

「江戸じゅうを震え上がらせた事件だからな。無理もあるまい」

唐十郎がいった。

「ところが、一軒だけ借り手がついた店があるんで」

「ほう、どこの店だ？」

「下谷広小路の『生駒屋』です」

「借り手は？」

「本所横網町の『音羽屋』って傘屋で」

「傘屋か……」

「七軒のうち一軒だけ借り手がつくというのも妙な話でございますからね」

宗兵衛がいった。

「念のために日ごろ懇意《こんい》にしている南の御番所の物書《ものかき》同心に『音羽屋』の主人の出自《しゅつじ》を調べてもらったところ、意外なことがわかりましたよ」

「意外なこと、というと？」

「主人の藤兵衛という男は、尾張の出の商人で、七年ほど前に、商いが傾きかけた『音羽屋』を買い取ったそうなんです」

「尾張出身！」

唐十郎は瞠目《どうもく》した。

「旦那、これを見ておくんなさい」

と重蔵が畳の上に江戸切絵図《きりえず》を広げた。下谷広小路界隈《かいわい》の絵図である。

「下谷広小路を横切る忍川には、ごらんのとおり三つの橋が架かっておりやす」

「うむ」

「真ん中の幅の広い橋は、将軍《くぼう》さまの上野東照宮御参詣にしか使われねえ橋でしてね。その西どなりの橋のすぐ近くに『生駒屋』があるんで」

　重蔵の言葉を引き取って、宗兵衛が、

「千坂さま」

　と険しい表情で向き直り、

「その東照宮御参詣が、実は明日の朝に迫っているのでございます」

「明日の朝？」

「はい。時刻は辰ノ下刻――」

「そうか！」

　唐十郎は、はたと膝を拍《う》った。

　一味は、将軍お成りの橋に盒薬を仕掛けようとしているに違いない。

　富五郎たちに『生駒屋』を襲わせたのは、そこを拠点にするためだったのだ。

　ほかの六軒の商家は、町奉行所の探索を混乱させるための〝まぶし〟、すなわちカモフラージュだったのであろう。

　そうやって、おのれの野心のために鮫島一味は何人の罪のない人々の命を奪ったか。

　唐十郎の胸にあらためて怒りがわいてきた。

「大黒屋、どうやらこれで決まりだな」

「はい」

うなずく宗兵衛の目にも、怒りがたぎっている。

いつもの柔和な顔が一変し、凄味《すごみ》さえ感じさせる〝裏〟の顔になっていた。

「思いのほか、今回は大きな仕事になりましたので、お約束の三両にさらに三両を上乗せして、六両ということでいかがでございましょうか」

宗兵衛はふところから財布を取り出し、六両の金子を唐十郎の前に置いた。

「不足はない」

その金を無造作につかみ取って懐中にねじ込むと、

「では」

と軽く頭を下げて、唐十郎は出ていった。

その足でいったん神田多町の家にもどり、身支度をととのえた。

鈍色《にびいろ》の小袖の下に鎖帷子《くさりかたびら》を着込み、黒革の袖無し羽織をまとう。

これは敵の刃を防ぐための備えである。

下は軽衫袴。黒革の手甲に黒革の脚絆をつけ、腰に左文字国弘をたばさむと、革の草鞋をはいて家を出た。

月の明るい夜である。

皓々《こうこう》と降り注ぐ月明かりが、忍川の川面に銀色の光を散らしている。

『生駒屋』の裏木戸が開け放たれ、黒い影がひっきりなしに出入りしている。

二人の浪人者だった。

二人は俵詰めの盒薬を肩に担いで、黙々と忍川の川岸に運んでいる。

石垣の下に係留された二艘の平田船の上では、別の浪人二人が俵を受け取り、船に積み上げていた。

上野大仏下の時の鐘が、五ツ（午後八時）を告げはじめた。

「これで終わりだ」

最後の一俵を運んできた浪人が、石垣の上から船上の二人に低く声をかけた。

「よし」

とうなずくと、船上の二人の浪人は、積み上げた俵の山に導火線を結びはじめた。

この導火線も三州吉田から拉致してきた三人の花火職人に作らせたものだった。木綿の糸と檜《ひのき》の甘皮《あまかわ》をよって作った紐《ひも》に、盒薬を擦り込んだものである。

一本の長さは一尺五寸（約四十五センチ）、これに点火して船を流せば、二艘の船がちょうど三橋の真下にさしかかったときに、盒薬が爆発する計算になっていた。

船上の二人が作業をしているあいだ、別の二人の浪人は石垣の上に仁王立ちして、あたりに鋭い目を配っていた。その一人が、

「む……？」

ふと一方に目をやった。闇がかすかに動いたのである。

「どうした？」

と、もう一人が振り向いた瞬間、二人の眼前にぬっと黒影が立った。

唐十郎だった。

「な、なにやつ！」

二人が同時に刀の柄に手をかけた。刹那《せつな》、
しゃっ！

抜く手も見せず、唐十郎の刀が鞘走っていた。

一人が声もなく地面に倒れ伏した。返す刀でもう一人を真っ向唐竹割りに斬り捨てた。その間、ほんの寸秒。船上の二人が助勢に加わる間もないほどの早業《はやわざ》で

ある。

「貴様！」

石垣を這《は》い上がってきた一人が、猛然と斬り込んできた。

だが、そこに唐十郎の姿はなかった。片膝をついて身を沈めたのである。

同時に刀を横に払った。

ぐさっ、と浪人の腹が横一文字に切り裂かれた。

息をつく間もなく、次の斬撃がきた。左横からの刺突の剣である。それを下からはね上げた。闇に火花が散った。

「お、おのれ！」

逆上した浪人が、がむしゃらに斬り込んできた。完全に度を失っている。

右に左に切っ先をかわしながら、唐十郎は隙を見て浪人の背後に廻り込んだ。

浪人もすぐさま体を返して、唐十郎に正対した。

二人の位置が入れ代わっている。

浪人は『生駒屋』の板塀《いたべい》を背に、唐十郎は忍川を背にして立っていた。

「死ね！」

わめきながら、浪人が斬りかかってきた。

唐十郎は横に跳ぶと同時に逆袈裟に薙ぎ上げた。逆胴《さかどう》斬りである。

「わっ」

浪人の体が大きく揺らぎ、前のめりに石垣の上から忍川に転落していった。

どぼんと水音がして、暗い水面に無数の血泡がわき立った。

唐十郎は、倒れ伏している三人の浪人の刀を拾い上げると、ひらりと身を躍らせて平田船の舳先《へさき》に飛び乗った。

二本の刀を船縁《ふなべり》に突き刺し、一本を諸手《もろて》ににぎって船底の板に突き立てた。そして、切っ先をねじ込むようにして底板をえぐる。刃こぼれがしてすぐに刀は使えなくなった。

二本目の刀を取って、底板の穴に突き刺し、またぎりぎりとねじ込む。

やがて穴が貫通し、ぼこぼこと音を立てて水が浸入してきた。

二艘目の平田船に乗り移り、同じ作業をくり返す。二本目の刀もすぐに刃こぼれがして使えなくなった。三本目の刀を取って、底板に穴をうがつ。

「そろそろ、荷積みが終わるころだが……」

山根与五郎が首を廻して、ちらりと裏庭の奥に目をやった。

『生駒屋』の奥座敷である。裏庭に面した障子はすべて開け放たれ、畳の上には一升徳利が五本、湯飲み数個、惣菜屋《そうざい》で買い込んできた田楽《でんがく》や佃煮《つくだに》、たくわんなどを盛った大鉢が並べられている。

「酒には目のない連中だ。終わればすぐに飛んでくるだろう」

大場が茶碗酒を傾けながらいった。山根が視線をもどして、

「長い道のりだったが、これでようやくわしらも藩への帰参がかなう」

しみじみといった。

「のう、山根さん」

茶碗酒をごくりと呑み干して、大場が、

「宗春公の謹慎が解かれ、ふたたび藩主の座に就かれたあかつきには、わしらはどれほどの処遇で迎えられるかのう」

「七、八百石、いや、宗春公が天下を取られるようなことになれば、千石級の旗本も夢ではない」

「旗本か」

「すべては明日の朝の首尾次第だ」

大場は首を廻して、裏庭に目を向けた。

月明かりが皓々と差し込んでいる。

「月が明るい。九分九厘、明日も晴天であろう。まず……」

と、いいかけた大場の顔が、突然、硬直した。

月明《げつめい》の中に、黒い影法師がわき出るように浮かび立ったのである。

「む！……な、何者だ！ 貴様！」

驚声を発すると同時に、刀をつかみ取って立ち上がった。山根も刀に手をかけた。

「千石の旗本か……」

影法師が低く、くぐもった声でいった。

「見果てぬ夢だな」

「な、何だと！」

大場が抜刀して、裏庭に跳び下りた。山根も刀を抜いて濡れ縁に立った。

影法師が大場の前にずいと歩み出た。唐十郎である。

「貴様、藩邸の狗《いぬ》か！」

「闇の始末人。おまえさんたちの命をもらいにきた」

「ほざくな！」

癇性《かんしょう》な声を張り上げて、大場が真正面から斬りかかっていった。

唐十郎は一歩引いて、切っ先を見切った。

見切りは技術ではない。勘である。その勘は道場で学ぶ剣では身につかない。木刀と真剣では重さも太刀ゆきの速さも違う。その速さに慣れ、見切りの勘を養うには実戦を積み重ねるしかない。とっさの瞬間に、見切りができるということは、すなわち、それだけ人を斬ってきたという証左でもある。

唐十郎と大場の技量の差はそこにあった。

切っ先を見切られた大場は、あわてて体勢を立て直そうとしたが、それより速く、唐十郎の刺突の剣が大場の胸をつらぬいていた。切っ先が背中に飛び出している。

それを引き抜くのと、山根が濡れ縁から跳び下りるのがほとんど同時だった。

唐十郎は反射的に横に跳んだ。

その位置に山根が着地した。

唐十郎の姿がない。すぐさま横に向き直った。そこへいきなり白刃が飛んできた。

かわす間もない速さであり、勢いだった。

がつっ！

頭蓋《ずがい》を割る鈍い音がして、山根の額からおびただしい血が噴出した。

血に混じって、白い脳漿《のうしょう》が山根の顔面にしたたり落ちた。

山根の体がゆっくり沈んでゆく。

倒れ伏すのを待たず、唐十郎は刀を鞘に納めて歩き出した。

裏木戸から表に出た。草むらに三人の浪人の死体が転がっている。

唐十郎は石垣の縁に立って、忍川の川面を見下ろした。

二艘の平田船は消えていた。盒薬を積んだまま川底に沈んだのである。

川面に小さな水泡がわき立っている。

浪人者の死体が一つ、藻屑《もくず》のようにゆらゆらと浮き沈みしていた。

四

重陽の節句の夜は、江戸のどこの盛り場も大盛況である。

中国では古くから九月九日に、

「高きところへ登り、菊酒を呑む」

という習俗があったという。これを登山会《え》といった。その故事を受けて、

〈九月九日高楼《こうろう》に息子行く〉

という句がある。高楼とは、二階建ての妓楼《ぎろう》のことであり、放蕩《ほうとう》息子が重陽の節句にかこつけて、女郎買いに行くさまを詠んだ句である。

本所回向院前の盛り場も、例外なく節句を祝う嫖客《うかれお》たちで賑わっていた。

元町の料理茶屋『水月楼』の二階座敷で、窓の外にわき立つ賑わいを横目に見ながら、酒を酌み交わしているのは、鮫島外記と傘屋『音羽屋』のあるじ・藤兵衛である。

「この日、菊酒を呑むと万年の長寿が得られると申すが……」

鮫島が酒杯を口に運びながら、

「こと吉宗公に関しては、そのいい伝えも通用せんだろう」

そういって冷笑を浮かべると、藤兵衛も同意するようににやりと笑って、

「明朝、辰ノ下刻までの命でございますからな」

「万年どころか、六十でこの世を去ることになる」

貞享《じようきよう》元年（一六八四）生まれの吉宗は、還暦を迎えたのだ。

「先々代の尾張継友さまは、三十九歳の若さでお亡くなりになられました。それ

に比べれば、齢《よわい》六十は十分長生きでございますよ」

「このへんでお引き取り願わなければ、宗春公の出番も廻ってこんからな」

「御意に存じます」

「のう、音羽屋」

「はい……？」

「そちには一方ならぬ世話になったが、事が成ったあかつきには、藤左衛門《とうざえもん》の処遇もふくめて十二分に報いるよう宗春さまに進言しておこう」

「ありがたきお言葉、恐悦しごくに存じます」

藤兵衛は神妙な面持ちで頭を下げた。

藤左衛門とは藤兵衛の実の兄で、尾張藩御用達商人・小刀屋《こがたな》藤左衛門のことである。

硬骨豪胆《こうこつ》で知られた藤左衛門は和歌をもよくし、武者小路実陰《むしやのこうじさねかげ》の門下に入り、雅直《まさなお》、あるいは堪水《たんすい》とも号した。

その兄のもとで働いていた藤兵衛は、七年前に江戸に出てきて、商いが傾きかけた老舗《しにせ》の傘屋『音羽屋』を買い取り、それまでの高級傘に代えて、張り替え傘（中古傘）を安価に、そして大量に売りさばいて成功をおさめたのである。

一方、兄の藤左衛門は、尾張宗春に蟄居謹慎《ちっきょきんしん》の処分が申し渡された直後、大胆にも幕府に対して宗春の特赦を求める嘆願書を上書したために、将軍吉宗の忌諱《きい》に触れ、尾張藩の流刑《るけい》地である知多《ちた》半島沖の小島・篠島《しのじま》に流された。

五年たった現在も、藤左衛門は篠島で流人暮らしをしている。鮫島外記が、

「藤左衛門の処遇もふくめて――」

といったのは、むろん藤左衛門のご赦免《しゃめん》を意味していた。

談笑しながら、半刻ほど酒の献酬《けんしゅう》がつづいたあと、

「さて」

と藤兵衛は飲み干した酒杯を静かに膳部に置いて、

「手前はそろそろ退散させていただきます」

「もう、帰るのか」

「ほどなく妓《おんな》がまいります。鮫島さまは、そのままどうぞ、ごゆるりと」

慇懃《いんぎん》に頭を下げて、藤兵衛は退出した。

「ふふふ、妓か……」

鮫島の顔に好色な笑みがこぼれた。

鮫島には五歳年下の妻と十四になる息子がいたが、尾張藩を致仕《ちし》したあと、城

下福井《ふくい》町の貸家に妻子を残し、配下の山根与五郎、大場稲次郎とともに江戸に出てきたのである。

最後に妻と契《ちぎ》ったのは出立前夜だった。

それ以来、江戸では一度も女の肌に触れたことがなかった。

大望成就《たいもうじようじゅ》までは、

(色欲《しきよく》断つべし)

と、みずからを厳しく律してきたのだが、ここまでくれば、

(もう、その禁も解けたも同然)

なのである。

(江戸土産《みやげ》に、東女《あずまめ》をたっぷり抱いてやるか)

手酌でやりながら待っていると、ほどなく襖《ふすま》がすっと開いて、着飾った茶屋女がしんなりと入ってきた。派手な面立ちをした若い女である。

「ほう、なかなかの美形じゃのう」

鮫島はごくりと生唾《なまつば》を飲み込んだ。

「ふっふふ……」

夜道を歩きながら、藤兵衛はふくみ笑いを洩らした。

何もかもが計画どおりに順調に運んでいる。

明朝、辰ノ下刻を迎えた瞬間に江戸じゅうが、いや日本六十余州がひっくり返るような大騒ぎになるだろう。

その結果、尾張宗春公がふたたび政治の表舞台に立つことになれば、兄・藤左衛門のご赦免がかなうばかりか、藤兵衛にも相応の論功行賞が下されるに違いなかった。

正直なところ、鮫島外記から話を持ちかけられ、支援を要請されたときは、藤兵衛もさすがに二の足を踏んだ。計画があまりにも大胆で無謀に思えたからである。

だが、鮫島はあくまでも大真面目だった。

「わしには勝算がある」

と熱っぽく計画の仔細を語り、最後にこういった。

「この機を逃したら、兄の藤左衛門は一生篠島から出られんぞ」

その一言が、藤兵衛の心を動かしたといっていい。

藤兵衛は一か八かの大勝負に打って出た。

万一、失敗すれば首が飛ぶ。それを覚悟で鮫島に賭《か》けたのである。

いまとなってみれば、その賭けは間違っていなかったと思う。

千住の水車小屋で密造された二百貫の盒薬は、無事に下谷広小路の『生駒屋』に運び込まれた。船への積み込みも、もう終わっているころだろう。

あとは明日の朝の結果を待つだけである。

「今夜はさぞ夢見がいいだろう。ふふふ」

藤兵衛の口から、またふくみ笑いが洩れた。

本所元町の路地を抜けて、横網町の通りに出たところで、藤兵衛の足がふと止まった。

行く手をさえぎるように黒影が立ちはだかっている。

「手前に何か……?」

藤兵衛が不審そうに訊《たず》ねた。

黒影は応えない。無言のまま一歩一歩近づいてくる。

月明かりに浮かび立ったその影は、黒革の袖無し羽織に軽衫袴、黒革の手甲脚絆をかけた長身の浪人者——千坂唐十郎だった。

ただならぬ気配を感じて、藤兵衛は思わず背を返して走り出した。その瞬間、タッ。

と地を蹴って、唐十郎が高々と跳躍した。黒革の袖無し羽織をひるがえして宙を跳ぶその姿は、さながら化鳥《けちょう》の飛翔《ひしょう》である。

着地と同時に、抜き打ちの一刀を藤兵衛の背中に浴びせた。

「わッ」

悲鳴を上げて、藤兵衛がのけぞった。

背中が真っ二つに裂かれ、めくれあがった肉の奥に白いあばらが見えた。

切っ先は腰骨に食い込んで止まっている。

刀を引き抜くと、藤兵衛の上体がぐにゃりと前のめりに倒れた。背中の筋肉を断ち切られたために、上体を支え切れなくなったのだ。

藤兵衛は必死に首をひねって、かたわらに立っている唐十郎を見上げた。

「な、なぜ……?」

それが最期《さいご》の言葉だった。

斬られた理由がわからぬまま、藤兵衛はすぐにこと切れた。

唐十郎は刀の血ぶりをして納刀すると、身をひるがえして路地の奥に走った。

料理茶屋『水月楼』の二階座敷。

次の間の夜具の上で、鮫島外記はむさぼるように茶屋女の裸身をかき抱いていた。

三カ月ぶりに触れる女の肌である。

はち切れんばかりの若い女の体を、鮫島は食らいつくすようになぶっている。

女は荒々しく口を吸われ、乳房を揉《も》みしだかれ、指で秘所を蹂躙《じゅうりん》され、息も絶え絶えに身をくねらせている。

鮫島は一度、女の中で放出している。一物は萎《な》えたままである。それを奮《ふる》い立たせるために執拗《しつよう》な愛撫《あいぶ》をくり返しているのだ。

「あ、ああ……、お武家さま……」

女がのけぞりながら絶え入るような声を発した。

「どうした？」

「もう……、ご勘弁を……」

「ならぬ」

鮫島が一喝する。指は女の秘所に差し込んだままである。

身をよじって女が逃れようとすると、すかさず両脚をつかんで引きもどした。

女は必死に脚をばたつかせている。

「ふふふ、もがけ。……もっと、もがけ」

鮫島の顔に嗜虐《しぎゃく》的な笑みが浮かんだ。女の体を反転させ、四つん這いにさせると、尻をわしづかみにして高々と抱え上げた。前門と後門が丸見えになる。

「あ、いや……」

「恥ずかしいか」

「お、おやめください」

「茶屋女にも、羞恥心《しゅうちしん》があるのか」

「お願い……、です」

ほとんど泣き声になっている。

鮫島は萎えた一物を指でつまんで、女の尻をぴたぴたと叩いた。たちまち怒張してくる。それを二、三度指でしごいて、うしろから一気に突き上げた。

「あーッ」

と女がのけぞる。鮫島は激しく腰を振りながら、前門と後門を交互につらぬいた。

悲鳴のような声を発して、女の上体がそり返った。

「う、うう……」

鮫島の口から、けだもののようなうめきが洩れた。

「は、果てる!」

叫ぶなり、一物を引き抜いた。女の背中に白濁した淫液が飛び散った。

二度目の放出である。

さすがに精がつき果てたか、鮫島は夜具の上に仰向けに倒れ込むと、肩で大きく息をつきながら、ぐったりと弛緩《しかん》した。股間《こかん》の一物がひくひくと脈打っている。

女ははじけるように立ち上がって、素早く身づくろいをすると、

「ふん、とんだ客にぶち当たっちまったよ」

憎々しげに吐き捨てて、逃げるように部屋を飛び出していった。

しばらく夜具の上に仰臥《ぎょうが》していた鮫島が、気だるそうに体を起こし、枕辺の煙草盆を引き寄せようとしたとき、出窓の障子に音もなく黒い影がよぎった。

「む……?」

一瞬、雲が月明かりをさえぎったかと思った。だが、よく見るとそれは人影だった。

「だ、誰か、いるのか」

影に向かって、低く声をかけた。が、応答はない。

鮫島はそっと刀を引き寄せて鯉口《こいぐち》を切った。

出窓の障子がすっと引き開けられ、そこに黒ずくめの唐十郎がうずくまってい
た。

「き、貴様、何者だ！」

「闇の始末人」

「や、闇……！」

「明日の朝の花火は、打ちやめになったぜ」

「なにッ」

「盒薬を積んだ二艘の船は忍川の底に沈んだ。貴様の野望もろともにな」

「お、おのれ！」

叫びざま、鮫島は刀を抜き払って、出窓に突進した。

だが、それより速く、出窓の欄干《らんかん》を蹴った唐十郎は、鮫島の頭上を飛び越えて
夜具の上に立った。鮫島があわてて振り向き、刀を上段に振りかぶったところ
へ、

ふわり、

飛んできた鮫島の下帯が、鮫島の顔にからみついた。

「む、むむ……」

からみついた下帯を必死に解きほぐそうとする鮫島の首筋へ、電光のごとく抜き放った唐十郎の刀が奔った。

おびただしい血が噴出し、ごろっと何かが夜具の上に転がった。

下帯がからみついたまま切断された鮫島の首だった。白い下帯が血で真っ赤に染まっている。ややあって、首を失った胴体がドサッと音を立てて畳の上に倒れ込んだ。

右手に刀をにぎったまま、全裸で仰向けに倒れている。

四肢がかすかに痙攣《けいれん》していた。

奇妙なことに、股間の一物までが、意志あるもののようにひくひくと動いている。

唐十郎は、部屋のすみに脱ぎ捨てられた鮫島の着物で刀の血脂《ちあぶら》を拭《ぬぐ》い取ると、開け放たれた出窓からひらりと身を躍らせて闇に消えていった。

五

昨夜の激闘の疲れのせいか、唐十郎は翌朝の四ツ（午前十時）ごろまで、死んだように眠りつづけた。夢もむすばぬほど深い眠りだった。

寝間《ねま》の障子窓に差し込む陽のまぶしさで目が醒《さ》めた。

むっくりと体を起こして台所へ行き、房楊枝《ふさようじ》で歯をみがき、顔を洗って、ふたたび寝間にとって返し、着替えを済ませた。そこへ、

「おはようございます」

と女の声がして、廊下に足音がひびいた。

振り向くと、『ひさご』の女将《おかみ》・お喜和が手に袱紗《ふくさ》包みを抱えて入ってきた。

「よう、お喜和か」

「お休みでした？」

「いや、いま起きたところだ」

「たまには、お昼でもご一緒しようかと思いましてね。五目散らしを作ってきました」

「そいつはありがたい。ちょうど腹がへっていたところだ。すぐ茶を淹れよう」

と台所へいって竈《かまど》に火をおこし、湯をわかした。

お喜和は居間で袱紗包みを広げている。中には蒔絵《まきえ》の重箱が二つ入っていた。

「おう、うまそうだな」

「どうぞ」

「うむ」

箸《はし》を取って、食べはじめた。紫蘇《しそ》や鯛《たい》の身のほぐしたもの、木耳《きくらげ》、鮑《あわび》、金糸卵、きざみ海苔《のり》などの加薬が入った贅沢《ぜいたく》な五目寿司である。

「いかがですか？　お味のほうは」

「うむ。めっぽううまい」

「そう。それはよかった」

うれしそうに、お喜和は顔をほころばせたが、ふと思い出したように、

「あ、そうそう……、今朝方、ちょっと用事があって、下谷の広小路にいってきたんですけどね」

「下谷広小路？」

「大変な人出でしたよ。将軍《くぼう》さまの東照宮御参詣の行列で」

「ほう」

唐十郎はとぼけてみせた。鮫島一味が御参詣の行列をねらって、将軍吉宗の暗殺を企んでいたことなど、もとよりお喜和は知るよしもなかったのである。

「はじめて将軍さまお成りの行列を見ましたけど、それはもう典雅《てんが》というか、豪華絢爛《けんらん》というか、まるで絵巻物を見るようでしたわ」

唐十郎はうなずきながら、黙々と五目散らしを食っている。と、そのとき、

「おはようございます」

と寛闊《かんかつ》な女の声がした。唐十郎はあっとなって箸を止めた。お仙の声である。

「あら、誰かしら？」

「あ、あの、その……」

しどろもどろの体で、

「丈吉という男の……、妹だ」

いいつつ、唐十郎は素早く立ち上がって部屋を出ていった。

玄関に、袱紗包みを抱えたお仙が立っていた。

「よう、お仙か」

「たまには旦那とお昼を一緒にしようかと思って、五目散らしを作ってきたの」

「ええっ」

「上がっていい？」

「あ、あの、いや……、いま来客中で……」

「お客さま？」

唐十郎はお喜和の駒下駄に気づいて、

「ちょ、ちょっと、その、込み入った話があってな」

あわてて三和土《たたき》に下り立ち、お仙の手を取って玄関の外に連れ出した。

「昼飯にはまだ早いし、す、すまんが、出直してきてもらえんか」

「それはかまいませんけど――」

お仙は疑わしそうな目を玄関に向けて、

「お客さまって、だれ？」

「実は、その、古くからの友人で……、瀬川伊右衛門という越後の人だ」

とっさに嘘《うそ》をついた。

「そう。……じゃ、またあとで出直してきます」

「ああ、半刻ほどたったら、きてくれ」

「わかりました」

お仙はくるっと踵《きびす》を返して去っていった。

ふうっ。

と唐十郎の口から大きな吐息が洩れた。額には冷や汗が浮いている。

注・本作品は、平成十七年九月、学研パブリッシング
（現・学研プラス）より刊行されたものです。

公事宿始末人 叛徒狩り

一〇〇字書評

切り取り線

購買動機（新聞、雑誌名を記入するか、あるいは○をつけてください）

□（　　　　　　　　　　）の広告を見て	
□（　　　　　　　　　　）の書評を見て	
□ 知人のすすめで	□ タイトルに惹かれて
□ カバーが良かったから	□ 内容が面白そうだから
□ 好きな作家だから	□ 好きな分野の本だから

・最近、最も感銘を受けた作品名をお書き下さい

・あなたのお好きな作家名をお書き下さい

・その他、ご要望がありましたらお書き下さい

住所	〒				
氏名		職業		年齢	
Eメール	※携帯には配信できません		新刊情報等のメール配信を 希望する・しない		

この本の感想を、編集部までお寄せいただけたらありがたく存じます。今後の企画の参考にさせていただきます。Eメールでも結構です。

いただいた「一〇〇字書評」は、新聞・雑誌等に紹介させていただくことがあります。その場合はお礼として特製図書カードを差し上げます。

前ページの原稿用紙に書評をお書きの上、切り取り、左記までお送り下さい。宛先の住所は不要です。

なお、ご記入いただいたお名前、ご住所等は、書評紹介の事前了解、謝礼のお届けのためだけに利用し、そのほかの目的のために利用することはありません。

〒一〇一－八七〇一
祥伝社文庫編集長　坂口芳和
電話　〇三（三二六五）二〇八〇

祥伝社ホームページの「ブックレビュー」からも、書き込めます。

http://www.shodensha.co.jp/bookreview/

祥伝社文庫

公《く》事《じ》宿《やど》始末人《しまつにん》 叛徒《はんと》狩《が》り

平成29年4月20日　初版第1刷発行

著　者　黒崎裕一郎《くろさきゆういちろう》

発行者　辻　浩明

発行所　祥伝社《しょうでんしゃ》

東京都千代田区神田神保町3-3
〒101-8701
電話　03（3265）2081（販売部）
電話　03（3265）2080（編集部）
電話　03（3265）3622（業務部）
http://www.shodensha.co.jp/

印刷所　堀内印刷

製本所　ナショナル製本

カバーフォーマットデザイン　中原達治

ISBN978-4-396-34304-0 C0193

〈祥伝社文庫　今月の新刊〉

柚月裕子
パレートの誤算
殺されたケースワーカーの素顔と生活保護の暗部に迫る、迫真の社会派ミステリー！

テリ・テリー
竹内美紀・訳
スレーテッド 消された記憶
2054年、管理社会下の英国で記憶を消された少女の戦い！　瞠目のディストピア小説。

小杉健治
霧に棲《す》む鬼 風烈廻り与力・青柳剣一郎
十五年前にすべてを失った男が帰ってきた。無慈悲な殺人鬼に、剣一郎が立ち向かう。

長谷川卓
父と子と 新・戻り舟同心
死を悟った大盗賊は、昔捨てた子を捜しに江戸へ潜入。切実な想いを知った伝次郎は…。

睦月影郎
身もだえ東海道 夕立ち新九郎・美女百景
美女二人の出奔の旅に同行することになった新九郎。古寺に野宿の夜、驚くべき光景が…。

黒崎裕一郎
公事宿始末人 叛徒《はんと》狩り
将軍暗殺のため市中に配された爆薬…江戸を襲う未曾有の危機。唐十郎の剣が唸る！

喜安幸夫
闇奉行 黒霧裁き
職を求める若者を陥れる悪徳人宿の手口とは。仲間の仇討ちを誓う者たちが、相州屋に結集！

佐伯泰英
完本 **密命** 巻之二十二 再生 恐《おそれ》山地吹雪《ざんじふぶき》
惣三郎は揺れていた。家族のことは想念の外にあった。父と倅、相違う道の行方は。